KB268817

누이아일랜드는 어디쯤 있을까

누이아일랜드는 어디쯤 있을까

김경희 지음

어문학사

길

구례 장에서 그를 보았다는 친구의 전화를 받았다. 어떤 모습이냐고 묻는 내게 친구는 "모르겠어"라고 했다.

"혼자가 아니라 일행들이 많이 있더라. 개장수들 틈에 같이 있던데 장날을 찾아 떠돌아다니는 장사꾼들 같았어. 아는 척하면 당황할 것 같아 멀리서만 보고 그냥 모른 척했다."

친구의 말을 듣는 순간 나는 어깨에 힘이 빠져 전화기를 떨어뜨리고 말았다. 친구는 그를 보았다는 말을 하기가 어려웠던 모양이다. 뜸을 들이면서 조심스럽게 말을 꺼냈다. 아마 망설이다가 연락을 해준 것이리라. 남편 소식을 다른 사람을 통해서 듣는다는 일이 유쾌한 것은 아니었지만 그래도 살아있다는 사실에 마음이 놓인다. 왜 이렇게까지 되어 버렸을까.

지난 3월 초 바람이나 쐬고 오겠다는 말을 남기고 집을 나간 남편은 6개월째 돌아오지 않고 있다. 그동안 서너 번, 잘 있으니 걱정하지 말라는 전화가 오긴 했지만 어디에서 무엇을 하는지 종잡을 수가 없었고 행적을 알 수도 없었다. 낯선 곳을 싫어해서 여행도 좋아하지 않고, 사람들과도 쉽게 사귀지 못하는 사람이기에 그의 가출이 더 걱정스럽기만 하다. 제 것 없으면 한 끼 밥도 어디서 얻어먹지 못하고 굶어 죽을 사람이니 곧 돌아오겠지 생각하고 처음엔 무심하게 넘겼는데, 시간이 지날수록 혹여 무슨 일이나 없는지 걱정이 된다. 마냥 기다리고만 있을 일이 아닌 것 같다. 구례 장이 3일과 8일이라고 했으니 일요일과 맞물린 장날에 그를 찾아보아야겠다는 생각이 자꾸만 든다.

집 안을 둘러보았다. 어디에도 남편의 흔적이 없다. 집을 나가고 난 뒤 처음 며칠간은 이곳저곳에서 그의 냄새가 나는 것 같더니 시간이 지날수록 서서히 소멸되어 지금은 찾아볼 수가 없다. 옷걸이에 걸어두었던 옷가지들은 잘 빨아 말려 장롱 속으로 들어갔고, 입던 양복들도 세탁소에 맡겨둔 채 찾아오지 않고 있다. 끌고 다녔던 슬리퍼도 끈이 떨어져 현관 한쪽에 놓여 있고, 주인이 신지 않은 신발들은 신상 안에서 먼지가 쌓여 부엻게 되어갔디.

남편에게는 묘한 습관이 있었다. 구두를 오래 신지 못했다. 양복을 입고 공식적인 행사에 참여하거나 중요한 자리에 나설 때를 제외하고는 슬리퍼를 신고 돌아다녔다. 추운 겨울에는 발이 시려 고

생을 하면서도 끝내 그 버릇을 버리지 못했다. 나는 여기저기 멍이 들어 기형적으로 보이는 그의 발을 볼 때마다 안타까웠지만 모른 척 외면했었다.

오늘따라 서가의 책들이 무겁게만 보인다. 금방이라도 쏟아져 내릴 것만 같아 괜히 책들을 움켜 잡아본다. 남편을 찾으러 다녀야 된다는 생각은 시작도 하기 전부터 사람의 기운을 빠지게 했다.

태풍이 온다고 아침부터 일기예보에서 법석을 떨었다. 천둥과 번개를 동반한 이번 태풍은 비가 많이 내릴 거라는 기상대 예보를 들으면서도 나는 길을 나서는 걸 포기할 수 없었다. 며칠 전부터 아파 오던 허리의 통증도 어느 정도 가라앉기 시작했고, 무엇보다 남편을 만나야 된다는 일념이 앞섰기 때문이다.

조금씩 내리는 비로 인해 도로는 젖어 있었다. 운전대를 잡은 손이 마음만큼이나 떨려왔다. 마음의 안정을 위해 한참 동안 심호흡을 해보았지만 순간순간 떠오르는 기억들은 불안한 마음을 한층 더 가중시킬 뿐이다.

여름 더위가 가셨다지만 늦더위는 아직도 남아 있었고, 긴장한 탓인지 여느 때보다 날씨가 더 후텁지근하게 느껴진다. 맑고 깨끗하게 흐르던 섬진강도 오늘은 내리는 비로 인해 흐릿한 흙탕물로 요동쳤다. 혼자 쳐다보는 하늘, 혼자 쳐다보는 강물, 모든 게 걷잡을 수 없는 마음이 되어 착잡해진다.

날씨가 좋지 않아서 장이 설까 걱정하며 구례로 향했다. 그러나 도착하니 아직은 큰비가 내리지 않은 탓에 장은 열려 있었다. 바쁘게 움직이는 시장 모습은 조금 전까지만 해도 불안한 마음에서 벗어나지 못하고 있던 내 마음에 활력소를 불어 넣어준다. 장을 보기 위해 돌아다닌 사람들이 생기가 넘쳐흐르며 오랜만에 만난 사람들은 손을 마주 잡고 웃고 있다.

근방에서 유명한 구례 장은 큰길을 중심으로 퍼져 있었는데 그 규모가 꽤 컸다. 노점상들이 도로를 중앙으로 양쪽에 늘어서 있고, 큰길 사이사이의 작은 골목들에도 기다랗게 난전이 펼쳐져 있다.

과일 파는 아저씨가 찌그러진 핸드 마이크를 입에 대고 열심히 손님을 끌어 모으는 사이를 헤집고 나는 그를 찾기 시작했다. 날씨가 흐린데도 장꾼들은 많았다. 어디로 가야 개장수들을 만날 수 있을지 몰라 이곳저곳을 기웃거렸다. 함지에 물건이 가득 담겨 있는데도 벌써 떨이를 외쳐대던 여자가 나를 잡아끈다.

"맛있는 벌교 참 꼬막이여. 싸게 줄게, 가지고 가. 거저구만."

붙잡힌 손을 뿌리치며 말없이 돌아섰다.

"눈길 좀 만시지 밀어, 생물을 그렇게 만지면 어쩔 거시여? 싱싱한께 실라면 사고 안 살라면 저리 가소."

천막 아래서 생선을 팔고 있던 오십대 펑퍼짐한 여자가 크게 소리 지른다. 구경하던 사람들이 슬그머니 물러섰다. 그 앞에서 머뭇거리던 나는 생선장수 여자와 눈이 마주치자 머쓱해진 얼굴로 개장수들이 있는 곳을 물어 보았다.

"저 골목 지나가믄 가축시장이 있어. 그리 가야지."

생선장수 여자가 손짓으로 가르쳐 준 곳은, 국밥과 술을 파는 주점들이 모여 있는 골목 쪽이었다.

가축시장으로 가기 위해 좁은 식당 골목을 지났다. 돼지고기 냄새가 물씬 풍기며 사람들로 붐볐다. 모퉁이를 돌아 뒤켠으로 가자 잡곡전이 있고, 그 옆에 가축시장이 있었다. 냄새가 코를 찔렀다. 집에서 기른 토종닭이라며 서너 마리 묶어놓고 팔고 있는 사람들. 이제 서너 달쯤 자란 강아지들을 사려고 흥정하는 장사꾼들. 닭집 앞에는 사람들이 닭을 사려고 차례를 기다리고 있다. 우리 안에서 닭을 꺼내 잡는 여자의 손길이 무척이나 빠르게 움직인다.

나는 큰 개들을 팔고 있는 개장수들 옆으로 갔다. 흘끗흘끗 쳐다보는 사내들의 눈길이 따갑다. 여름인데도 그들은 긴소매 셔츠에 등산복 조끼들을 입고 있다. 팔을 걷어붙이고 바짓가랑이는 올리다 말아 한쪽은 내려온 채 땀을 줄줄 흘리고 있다. 개를 사고팔면서도 연신 실랑이를 벌이며 말끝마다 욕지거리를 예사로 연발했다. 나는 그중 가장 나이가 들어 보이는 사람 앞으로 다가갔다. 그리고 광주가 고향인 정민수 씨를 아느냐고 물었다. 그는 나를 뜨악하게 쳐다보며 모른다고 답했다. 옆에서 듣고 있는 사람들도 아무 말이 없다. 왜 찾느냐고 묻지도 않았으며 귀찮다는 듯이 쳐다본다. 나는 그들의 눈빛을 보는 순간 얼굴이 빨개졌다.

친구의 말을 믿는 것이 잘못이었을까. 남편이 이 사람들과 같이 다녔다면 쉽게 눈에 띄었을 텐데, 그를 아는 사람도 보았다는 사람도 없지 않는가. 어쩌면 친구는 그와 비슷한 사람을 보았는지도 모르겠다. 구례 장에서 보았다는 사람은 그가 아니었을 거야, 남편이 이런 자리에 있을 리가 만무하다며 애써 마음을 다독거렸다.

돌아가야 했다. 왔던 길로 가지 않고 곡성을 거쳐 광주로 가야겠다고 생각하며 걸음을 옮겼다. 장터를 빠져나가야겠다고 생각하는 순간 다리가 떨리며 머리가 아프다. 이놈의 장바닥은 왜 이렇게 넓은 것일까. 미로를 헤매는 것처럼 길을 찾을 수가 없다. 차를 어디에 세워 두고 왔을까? 그 길이 그 길 같다. 언젠가 남편과 같이 구례 장을 구경 왔을 때를 기억하며 식당 근처에 주차를 했는데, 그곳을 못 찾고 헤매고 다녔다.

시간이 지날수록 자꾸만 식은땀이 흘러 마음이 조급해졌다. 금방이라도 빗줄기가 더 거세어질 것만 같아 근처에 있는 분식집으로 들어갔다. 정신을 추스르고 따뜻한 우동 국물을 조금 마신 뒤에야 차를 가지고 시장을 빠져나올 수 있었다.

섬진강 변 도로로 접어들었지만 펼쳐진 풍경들이 눈에 들어오지 않는다. 아무도 보는 사람이 없다는 안도감에 참고 있던 눈물이 터지기 시작했다. 흐르는 눈물을 주체할 수 없어 도로 변 간이 공원에 차를 세웠다.

오랜 세월을 살아 왔어도 워낙 말이 없는 사람이라 속내를 알 수가 없지만, 남편은 그만한 상처를 이겨내지 못하고 어디론가 숨어 버린 것이다. 가족들에게조차도 연락을 하지 않으니 생각하면 생각할수록 가슴이 아려온다.

돌아오는 길은 멀었다. 섬진강 변의 도로를 벗어나 곡성 읍에 들어서자 쏟아지는 빗줄기와 더불어 태풍이 몰려오기 시작했다. 바람과 비가 내리는 속에서도 나는 눈물이 범벅이 된 채 운전을 해야만 했다. 그날 나는 구례를 다녀와서 몸살로 눕고 말았다.

그가 내게로 다가온다. 나는 가겠어, 너도 같이 가자.

그가 자꾸만 내게 가자고 재촉을 한다. 숨소리가 거칠어지며 눈꼬리가 치켜 올라간다. 분명히 남편이다. 그런데 그는 내게 어디를 가자고 손을 내밀고 있는 것일까? 나는 집으로 돌아가자고 애원했다. 그는 싫다고 했다. 붙잡는 내 손길을 뿌리치며 집에서도 학교에서도 탈출하고 싶다고 했다. 구속의 틀에서 벗어나 자유인이 되고 싶다고 외치는 그를 잡고 또 잡았지만 등을 돌리고 만다. 두 다리를 뻗고 온몸의 수분이 눈물이 되도록 울고 또 우는 내가 보인다. 흐느낌에 숨이 막히는 듯했다.

꿈이었다. 그런 꿈은 여름 내내 계속되었다. 나는 꿈을 꿀 때마다 남편이 방황을 빨리 끝내고 돌아오기를 바랐지만 그는 쉽게 집으로 돌아오지 않았고 소식을 주지도 않았다.

가을이 되었다. 나는 행여나 하는 마음에 일요일이면 장을 찾아 돌아다녔다. 그렇지만 그를 만날 수도 그의 소식을 들을 수도 없었다. 그런데 어느 날, 이렇게 해서는 그를 만날 수 없겠구나 하는 생각이 든 것은 남원 장에서였다. 남편을 본 적이 있느냐고 묻고 다니는 내게 알 듯 모를 듯 웃음을 지으며 유난히도 친절한 사내가 있었다. 나를 몇 번 본 적이 있다고 너스레를 떠는 그 사람의 표정에서 그가 어쩌면 남편을 알고 있을지도 모른다는 생각이 들었다. 남편이 일요일을 피하고 있다는 생각이 든 것은 그때였다.

나는 하루 연가를 얻어 26일이 장날인 임실로 향했다. 하지만 남편을 찾아 나설 때마다 찾아드는 당혹감은 나를 비참하게 만들어 찾는 일을 포기하고 싶은 마음까지 들게 했다.

추수가 끝난 들판의 을씨년스러움과 잎이 떨어져 나가기 시작한 나무들의 앙상한 가지가 한층 쓸쓸함을 더해준다. 오늘따라 심하게 떨려오는 마음을 진정시키며 나는 시장통으로 들어섰다.

장은 활기에 넘쳐 있었다. 잘 익은 홍시며, 팥이나 녹두, 노랗게 익은 호박을 가져와 팔고 있는 모습이 정겹다. 얼굴이 붉어진 촌부가 생선 몇 마리를 사서 검정 비닐봉지에 담아 흔들거리며 걸어간다. 흐뭇하게 집으로 향하고 있는 뒷모습을 보니 가슴이 찌릿하다.

가축 시장으로 들어가는 입구는 복잡했다. 개들을 싣고 온 차들이 늘어 서 있는 좁은 길에 들어서자 노리착지근한 냄새가 콧속으로 스며들었다. 안으로 들어갈수록 점점 넓어지며 공터가 보인다.

한 무더기의 사람들이 모여서 큰소리가 나더니 싸움을 하는 것처럼 시끄럽다. 그 순간 나는 내 눈을 의심했다. 거칠게 보이는 사람들 틈에서 기세 좋게 소리를 지르고 있는 사람은 분명 남편이었다. 키는 전보다 한 뼘이나 더 커 보이고, 때 이른 두툼한 점퍼에 누벼서 만든 바지와 검정부츠를 신고 큰소리를 지르고 있었지만 영락없는 남편이다.

"그놈까지 가지고 갈게, 좆 같이 그러지 마, 다리 다친 놈은 어차피 버릴 것 아냐, 그러지 말고 그놈도 끼워서 싸게 팔아."

그의 목소리는 어찌나 크고 우렁찬지 내가 서 있는 곳까지 들려왔다. 내가 알고 있는 남편이 아니었다. 발이 갑갑하다며 구두를 신지 않고 슬리퍼를 끌고 다녔던 그가 발목까지 올라온 신발을 신고 있었다. 수염은 깎지 않아 턱을 덮어 내리고 있었고, 손에는 여러 마리의 개를 묶은 줄을 한꺼번에 움켜쥐고 있다. 온몸에서 생기가 흘러넘치는 남편의 생소한 모습에 나는 어이가 없었다. 그토록 찾아다녔는데 막상 변해버린 그를 발견하자 나는 한 발자국도 앞으로 다가설 수가 없었다. 어질러진 마음을 추스르지 못하고 먼 빛으로만 남편을 쳐다보며 어쩔 줄 몰라 우두커니 서 있는 내 앞에서, 그는 개들을 트럭에 싣고 자리를 떴다.

잠깐 사이였다. 그가 내 앞에서 사라져 버린 뒤에야 정신을 가다듬은 나는, 방금 전까지 개를 사고팔았던 개장수를 찾았다. 그 사람은 남편을 잘 알고 있었다. 남편은 남원 운봉읍의 산골짜기에서 축산을 하고 있는 개장수 정씨로 통했다. 지리산 바래봉 아래에 있는 용산 마을이었다. 그는 개를 사고팔기도 하고, 병들어서 버린 개들을 치료해주기도 하며, 집을 잃고 헤매고 다니는 개들은 주인을 찾아주는 사람으로 유명했다. 개장수들에게서 남편이 살고 있는 곳을 알아낸 나는 그를 찾아가기 위해 길을 나섰다.

그를 찾아가는 길이 힘이 들 거라는 말을 듣고 각오는 했지만 큰 길에서 접어든 도로는 30분째 비포장이었다. 혼들거리는 버스에 앉아 창밖의 풍경이 보고 싶어 고개를 돌려보았다. 가을바람에 숲의 모습이 훤히 드러나 보인다. 그 틈새에서 여기저기 물줄기가 흘러내려 바위틈을 적시고 있다.

버스가 도착한 마을은 집이 몇 채 되지 않은 작은 마을이었다. 산을 끼고 있어 골짜기와 함께 어우러진 마을에는 개울물 흐르는 소리만 들렸다. 버스에서 내린 나는 마을 입구의 가게에서 개를 기르는 축산 농장을 물어보았다. 가겟집 사내는 마을 뒷산을 넘어야 된다고 말하면서 내 얼굴을 뻔히 쳐다본다.

산길을 올라갔다. 농장까지 가는 길은 차가 다닐 수 있도록 다듬어져 있다. 산 능선은 온통 억세로 물결을 이루고 있었고, 떨어져 있는 낙엽들은 나무들을 감싸 안고 있다. 바람소리, 새소리가 들렸지만 내 의식은 한없이 가라앉기만 했다. 어깨가 무겁고 마음이 떨리며 남편을 만난다는 일이 두렵기조차 했다. 그는 이 길 이외에는 다른 선택의 여지가 없었던 것일까. 모두를 등지고 깊은 산속에서 살아가야 될 만큼 세상이 싫어져 버린 것일까? 생각은 한없이 꼬리에 꼬리를 물고 일어났다.

지난겨울이었다. 유난히도 추웠던 겨울, 그 겨울이 끝나 가는 무렵. 평소에 술을 즐겨하지 않던 남편이 갑자기 저녁마다 술을 마시고 들어왔다. 그리고 억울하고 분하다며 소리를 지르고 괴로워했다.

동갑내기인 남편과 나는 교대를 같이 다녔고, 발령을 받아 이제껏 교사를 해왔지만 그는 성실하고 부지런했으며 학교 이외의 일에는 관심이 없었다. 동료들하고도 부딪치는 일 없이 잘 지냈고, 아이들도 잘 따라 주었는데 갑자기 무슨 일이 생긴 것일까? 학교에서 무슨 속상한 일이 있었던 모양이지, 그렇게 생각한 나는 알아서 잘 해결하리라는 마음에 괴로워하는 그를 보면서도 모른 척했다. 그런데 어느 날 그는 더 이상 못 견디겠으니 사표를 내고 싶다고 했다.

"우리 반 아이가 사고를 당했는데 학부모가 쫓아와서 괴롭히고 있어. 매일 같이 쫓아다니더니 이제는 더 이상 문제 삼지 않겠다고 돈을 달래. 나보고 돈을 내 놓으래."

눈이 벌겋게 충혈된 그는 목이 마른지 자꾸만 침을 삼켰다. 갑작스런 그의 말에 당황한 나는 아무 말도 못하고 듣고만 있었다.

"아이들 앞에서 멱살을 잡고 싸우고 말았어, 화가 나서 참지 못하고 싸우고 말았지. 그 생각만 하면 공부를 가르칠 수가 없어. 아이들에게도 부끄럽고 창피해서 아무 일도 못하겠어."

남편은 풀잎처럼 연약한 사람이었다. 꼼꼼하면서도 소심한 그의 성격은 작은 일에도 상처를 입었고 융통성이나 비웃살도 없었다.

"나보고 폭력교사라고 경찰서에서 조사가 나왔어, 당신도 정배 알지? 평소에 도벽도 심하고 걸핏하면 결석도 자주해서 항상 관심을 가졌거든. 집안이 어렵고 엄마가 없는 아이야. 사람이 그리워서 그렇겠지 생각하고 따뜻하게 해주었는데 이놈이 계속 나를 속이며 친구들을 괴롭히고 돈을 뺏은 거야. 화가 나서 야단을 좀 쳤더니 공부시간에 나가버렸어. 5학년이지만 다른 아이들보다 성숙해서 중학교 다니다가 중퇴한 아이들과 어울리며 돌아다닌다는데 그동안 찾을 수가 없었어."

술을 먹은 탓인지 큰소리를 지르며 말을 하는 남편에게 나는 아이가 돌아왔느냐고 물었다.

"찾았지, 병원에서 연락이 왔었어. 이 자식이 사고를 당한 거야."

남편의 한숨소리, 자신의 일에는 최선을 다하며 실았던 그의 성격으로 보아 얼마나 걱정을 했을지 짐작이 갔다.

"온몸이 상처투성이고 횡설수설이야, 어디서 다쳤는지 말을 안해. 다쳤는지 맞았는지 모르겠어. 입원을 시키고 치료를 받게 했는데 정배 아버지가 나더러 모든 책임을 지라는 거야. 아이가 선생이 무서워서 학교를 못 가고 돌아다녔다고 하드래. 병원비는 물론이고 보상을 하라고 학교까지 쫓아와서 협박을 하고 행패를 부렸어.”

그는 정배 아버지가 마치 눈앞에 있는 것처럼 팔을 내휘두르며 삿대질을 했다.

그 일이 싸움이 된 모양이다. 수업 시간에 교실에 들어와서 소리를 지르자 화가 난 남편은 반 아이들 앞에서 서로 치고 박고 싸우고 말았다. 정배 아버지는 남편을 폭력교사로 경찰서에 고발을 했다. 기자들이 소문을 듣고 찾아와서 일은 더 시끄럽게 돼버렸다. 담당형사는 합의를 하라고 했지만 남편은 힘없이 당하기 싫다고 끝까지 굽히지 않았다고 했다.

“기가 막힌 놈의 세상이야. 교장이고 장학사고 모두들 일이 더 시끄러워질까 봐, 조용히 처리해서 끝나기만을 바라지, 나를 진실로 이해하고 믿어주는 사람은 한 사람도 없어. 정말 억울하다. 세상을 너무 모르고 살아왔어. 선생 그만하고 싶다. 이 더러운 놈의 세상.”

그는 인간에 대한 배신감과 교육계의 현실에 대한 실망스러움으로 학교를 그만두고 싶다고 했다. 얼마나 황당하고 마음이 아팠으면 사표를 낸다고 하는 것일까. 나는 그의 심정이 이해가 되어 옆에서 말리기가 힘들었다.

그러다가 드디어 일이 벌어졌다. 학교를 출근하던 그가 교문 앞에서 신발을 벗어 손에 들고 운동장을 걸어갔다. 뒤따라가던 선생님들이 그의 버릇을 익히 아는지라 슬리퍼라도 신었겠지 생각하고 쳐다보았더니, 눈은 초점이 흐려진 채 먼 산을 쳐다보며 양말도 신지 않은 맨발로 운동장에서 교실까지 가더란다. 그는 그 추운 겨울날 하루 종일 맨발로 지내다가 집으로 돌아왔다. 그리고 점점 신경과민이 되어 가며 불안해하고, 말도 하지 않고 침묵으로 일관했다. 이미 신발을 벗어들고 운동장을 걸었던 그의 행적이 온 학교에 퍼질 대로 퍼져 있어 그의 자존심 또한 상처를 입고 있었다.

학년 말이 되자 남편은 기어이 사표를 냈다. 협박을 했던 아이의 아빠는 끝까지 남편을 괴롭히고 다녔다. 남편은 모든 것을 묵살하고 학교를 그만두었다.

남편이 학교를 떠나자 수군거리는 소리가 내 귀에까지 들렸다. 동료들의 안타까운 마음과 호기심 속의 눈길들, 우리 부부는 그 모든 것을 감수해야만 했다.

남편은 아무도 만나려고 하지 않았다. 고통을 당하는 건 나도 마찬가지였다. 출근을 하면 가끼이 다가오는 선생님들을 외면하고 혼자 지내는 시간이 많아졌다. 흔적은 이끼 낀 바위처럼 지워지지 않는다고 하지만 남편이 떠나간 빈자리는 너무 컸다.

지나간 일들을 생각하자 가슴이 아파 왔다. 삶에 대한 그리움과 다시는 제자리로 돌아가기 힘들 것 같은 막연한 불안감이 무거운 중압감으로 가슴을 짓누른다.

얼마나 걸었을까? 마을을 벗어나 30분쯤 걸어온 것 같다. 멀리서 개 짖는 소리가 들린다. 한 마리가 짖기 시작하자 마치 기다렸다는 듯이 일제히 짖어대기 시작했다. 일정한 리듬을 타고 짖어대는 것도 같고, 서로 으르렁거리는 소리도 같았다. 여기저기서 노리끼한 냄새가 바람을 타고 코를 찌르며, 개들의 짖어대는 소리는 온 산을 울린다. 내 얼굴은 저절로 찡그려졌다.

농장에 도착했다. 안으로 들어가자 조립식으로 지어놓은 살림집이 눈에 보인다. 마당에 수도가 있고, 그 옆에는 씻다가 만 그릇들이 수북했다. 살림집 옆에는 닭장이 있었고, 옹기종기 모여 있는 닭들은 한가롭게 노닐고 있다. 넓은 땅은 놀리는 공간이 없을 만큼 블록으로 만든 개집들로 가득했고, 한쪽에는 기둥을 세워 칸칸이 철망으로 만들어 놓은 이층으로 된 개집들도 보였다. 그 앞에는 개들이 한 마리씩 묶여 있었는데, 나를 향해 한결같이 무슨 원수라도 진 것처럼 짖어댄다.

개들의 짖는 소리를 들었는지 축사 안에 들어가 있던 사람들이 나오기 시작했다. 여러 사람들이 보였지만 나는 쉽게 남편을 찾아내지 못했다. 그가 내 앞으로 걸어 나오기 전까지 전혀 알아보지 못한 것이다. 모자를 깊이 눌러 쓰고, 몸보다도 훨씬 큰 작업복을 입고 있었기 때문이다. 햇볕에 그을린 남편의 얼굴은 짙은 눈썹과

굳어 있는 입술만 보였다. 나는 어색해져서 눈을 마주치지 않고 그에게 다가갔다. 바짓가랑이에 얼룩져 있는 개똥과 몸에서 풍기는 냄새, 땟물이 흐르는 작업복하며, 이십 년을 넘게 선생을 한 남편이건만 교단을 떠난 지 채 일 년도 되지 않아 놀랍게 변해 내 앞에 서 있는 것이다. 나는 남편이 낯설어져 그의 눈길을 피해 괜히 이곳저곳을 기웃거렸지만 그의 시선은 조금도 흔들리지 않고 당당했다.

그가 집 안으로 안내했다. 거실을 겸하는 주방은 앉을 자리도 없이 어질러져 있었다. 가까이에서 본 그의 얼굴은 붉게 상기되어 있었으며, 어깨는 더욱 넓어져 힘이 들어가 있고, 목소리는 침착하게 가라앉아 있다. 그는 내게 자리에 앉으라고 했다. 냉장고에서 캔으로 된 음료수를 꺼내 나에게 권하고, 자신은 마시다 남은 막걸리를 들이킨다. 나는 은근히 부아가 불끈 치솟았다.

"괜찮아 보이네. 얼굴도 좋고 바쁜 것 같아."

오랜만에 만나서 반갑다는 표현을 하지 못하고 나도 모르게 빈정거리는 말이 입에서 나왔다. 그러나 그는 아랑곳하지 않고 차분하게 대꾸했다.

"응, 좋아. 학교를 그만두고 나도 내가 이런 일을 할 수 있을 거라고는 생각해본 적이 없었는데 이렇게 살고 있어."

몇십 년을 같이 살아온 남편이 거리를 두고 서만큼 떨어져 앉아 있다.

"그동안 나는 세상을 내 생각대로 살아본 적이 별로 없었거든. 새장 속에 갇힌 새처럼 다른 사람들이 명령하면 따르고 끌어주는 대로 살아왔어. 이제라도 내 의지대로 살고 싶어 이렇게 사는 거야."

얼굴빛 하나 변하지 않고 말을 한다. 서로 좋아 결혼을 했고, 아이들을 낳고 살아오는 동안 그에 대해서 알만큼 알았다고 생각했다. 굳이 내색을 안 해서였기보다도 불만이 있을 거라는 생각은 상상도 못했는데 새장 속에 갇힌 새처럼 살았다니, 그의 어디에 숨겨진 마음이 또 하나 있었을까.

집 뒤로는 나지막한 언덕이 있고 물 흐르는 소리가 들렸다. 그토록 떠들썩하게 짖던 개들이 갑자기 조용해졌다. 그때 누군가 뛰어와서 그를 부른다. 그는 몸을 바쁘게 움직이며 밖으로 뛰어 나갔다. 하지만 나에게 한마디의 말도 없이 밖으로 나간 그는 이내 오지 않았다. 찾고 또 찾아 이곳까지 왔는데. 나는 바깥의 기척에 신경을 쓰며 행여나 올까 하며 기다리고 있었지만 그의 모습은 보이지 않았다.

한 시간쯤 지났을까. 갑자기 앉아 있는 자리가 불편하고 숨이 차올랐다. 남편이 나를 무시하고 있다는 생각이 자꾸만 든다. 그의 주변 어디에도 내가 있을 곳은 없다는 느낌이 든 것이다. 아내라는 내 존재가 없어져 버린 것은 아닐까. 그런데 쏘아보는 듯한 이 빛은 어디서 나오는 것일까? 아까부터 누군가가 살림집을 쳐다보고 있다. 아니, 나를 쳐다보고 있다는 생각이 들어 숙이고 있던 고개를 들고 유리문에 비친 바깥을 쳐다보았다. 순간 눈이 마주쳤다. 꼭 파수병처럼 버티고 앉아서 이 농장 전체를 압도하고 있는 놈, 밍크 옷처럼 털이 번지르르하며 얼룩무늬가 있고 크기는 송아지만한 개 한 마리가 나를 보고 있다. 쳐다보기만 해도 사람을 질리게 만든다. 아까는 분명 없었는데 언제부터 여기에 있었을까?

그놈의 눈빛이 나를 향해 묻는 것 같다. 네가 누구냐.

나는 문을 열고 밖으로 나가고 싶었지만 이쪽을 보고 앉아 있는 그놈의 위세에 눌려 선뜻 나서지 못하고 쭈뼛거렸다. 내가 어찌할 줄 모르고 문을 열었다 닫았다 궁색한 꼴을 하고 있을 때 누군가 걸어오는 소리가 났다.

"괜찮소, 나오시오. 야 텐 저리 안 갈래."

큰소리로 말을 하며 문을 열어준다.

"아니, 아저씨는……"

남원 장에서 내게 알 듯 모를 듯한 웃음을 지었던 사내였다. 남편보다 나이가 젊어 보이는 사내는 내게 겸연쩍은 웃음을 지어 보인다. 그리고 개를 어루만지며,

"그래도 이놈이 이 농네에서는 질 잘 나가는 놈인디."

그랬구나, 남편은 내가 찾고 다니는 것을 알고 있었다. 그러면서도 먼저 연락을 하지 않았다. 이 농장을 들어선 순간부디 느꼈던 낭패감이 계속 가슴을 파고들었다.

나는 텐 앞에 마주섰다. 그놈에게 가까이 가서 발로 뒷다리를 차 보았다. 응석받이 아이의 재롱을 받아주는 것처럼 전혀 반응이 없이 표정 하나 변하지 않는다. 사내는 제가 누구인지 말을 하지도 않고 텐 이야기만 계속했다.

"텐은 진짜 잘 생겼지라이. 암놈들이 엄청 좋아흐요. 성질도 좋고 숫놈들 중에서도 그것이 질 크단 말이요. 힘이 좋아서 개집 앞을 돌아다니며 갈래난 암놈들이 난리가 나서 야단이지라. 개들은 성질이 급해 바로 해뿔라 긍께, 그래도 저놈은 티를 안 내요. 힘이 시고 든든한 것이 믿음직하니 형님을 닮아 부렀소."

형님을 닮았다는 말에 나는 텐을 쳐다본다. 한 번이라도 남편이 이놈만큼이나 당당해 보이고 거대해 보인 적이 있었던가. 성격이 소심하고 잘 틀어져 남자답지 못하다고 불평만 하고 살았는데, 이 사내에게 남편이 그토록 힘 있고 당당해 보인 것은 무슨 연유인가? 남편은 집을 나온 뒤 변한 것이다. 외모뿐만 아니라 내면의 세계까지 변해버린 것이다.

축사를 구경할 생각으로 걸음을 옮겼다. 남편은 천 평 남짓한 땅에 100여 마리의 개들을 키우고 있었는데 살림집을 중심으로 아래쪽에 개집들이 있었다.

사내가 텐을 앞세우고 걸어간다. 나는 사내의 뒤를 자연스럽게 따라갔다. 일손이 부족할 때면 와서 농장 일을 도와주고 있다는 사내는 자신을 이 마을 사람이라고 소개했지만 말씨로 보아서 객지로 돌아다녔던 사람 같았다.

갑자기 앞서 가던 텐이 걸음을 멈춘다. 텐 앞쪽에 그만한 크기를 가진 개 한 마리가 있다. 몸을 가만두지 못하고 자리에서 뱅뱅 돌고 있었다. 눈곱이 끼고 털빛이 매끄럽지 못한 모양새가 정말 볼품없게 생긴 놈이다. 내가 그 개를 쳐다보자 사내는 재빠르게 말을 한다.

"아! 이놈은 아캐다 종류로 모모라고 하는디, 다리를 다친 놈을 형님이 사와서 치료를 해주었지라. 성질이 겁나게 자발스럽고 급하요. 아무리 말 못하는 짐승들이라도 저런 놈은 숫놈이 쳐다보지도 않지라이. 저 새끼들도 지 마음에 안 들면 절대 안 준단 말이요."

사내가 태연스럽게 말을 마친다. 나는 사내의 이야기를 듣는 둥 마는 둥 귀 곁으로 흘렸다. 졸고 있던 개들이 사내와 텐을 보자 어슬렁거리며 일제히 꼬리를 친다. 사내는 다가가서 그놈들에게 얼굴을 비비며 손으로 등을 쓰다듬었다. 그때 앞서서 천천히 걸어가던 텐이 갑자기 몸을 빨리 움직여 뛰어갔다. 텐! 남편이 부르는 소리와 동시에 호탕한 웃음소리가 들렸다.

"그래그래, 텐이구나. 복실이가 니 새끼를 아홉 미리나 낳았다."

그는 꼭 사람에게 말하는 것처럼 개를 어루만지며 다독거렸다. 그러다가 뒤따라 나타난 나를 보자 놀란 빛을 보인다. 개집 안에 들어 있던 개 한 마리가 앙칼지게 짖어대고 있다. 눈빛이 보통 개들하고는 달리 잔뜩 적의를 품고 사납게 짖어대는 것이다. 나는 두려움에 그의 뒤로 몸을 숨기며 "개새끼가"라고 중얼거렸다.

"새끼를 낳아서 예민해져서 그래, 가까이 가지 마."

퉁명스럽게 말하는 남편. 텐 앞에서 나는 개만도 못한 존재가 되어 가고 있었다. 내 가슴은 노여움과 슬픔으로 차오르기 시작했다. 황당한 눈빛을 감추지 못하고 그에게서부터 눈길을 돌렸다. 내 마음을 읽었을까? 순간 남편이 목소리를 낮추고 말을 하기 시작했다.

"미안해. 오랜만에 만났는데 하지만 당분간은 아무도 만나고 싶지 않았어. 그동안 연락을 하지 않은 것은 모든 것을 잊고 싶었기 때문이야. 그 일만 생각하면 숨을 쉴 수가 없었다."

말을 하면서도 그는 개들을 살펴나갔다. 잊는다고 잊어지는 일이 얼마나 있을까. 하고 싶은 말은 많았지만 나는 할 수가 없었다.

"당신은 몰랐을 거야, 내가 얼마나 아이들을 사랑하고 그리워했는지. 잠을 자면 꿈속에서도 나타나. 내가 교문 앞에 서 있는데 아이들이 운동장에서 놀고 있는 거야. 들여다보니 공을 차기도 하고 달리기도 하면서 나를 보고 들어오라고 손짓을 하드라. 너무 반가워서 안으로 들어가려고 발걸음을 옮기면 발이 땅에 붙어버려 움직일 수가 없는 거야."

남편은 아무리 애를 써서 학교 안으로 들어가려고 해도 들어가지 못하고 주변만 서성거리다 꿈에서 깨어났다고 했다. 그는 개

한 마리를 집어 들더니 익숙하게 주사를 놓고 목덜미에 나 있는 종기들을 짜주었다. 그것도 맨손으로. 개들의 상처 부위에서는 피고름이 나왔다. 나는 온몸에 소름이 돋아 고개를 돌렸지만 텐은 그 옆에 꼭 붙어서 떨어질 줄을 몰랐다. 그는 텐을 쓰다듬으며,

"텐은 그런 나를 일으켜 준 놈이야."

개라니, 개에 의해 자신을 일으켜 세웠다는 말에 나는 참을 수가 없었다.

"당신은 지금 나를 텐보다도 못하게 생각하고 있어, 그거 알아? 당신 자신만 생각하고 아이들과 나는 존재가 없어져 버렸다는 거."

"그렇게 말하지 마, 내가 집에서 무작정 나와 충청도 과수원에서 일을 하고 있을 때 저녁마다 술을 마시고 쓰러져 자는 나를 품어 주었던 놈이 텐이야."

어느 날 저녁, 술을 마시고 운전을 하고 돌아오다 텐을 치었는데 소리 한마디 지르지 않고 원망하는 눈빛도 없이 쳐다보고만 있더란다. 남편은 말했다.

"개들은 아무 의심이 없어. 자기를 사랑하는지, 이용하는지 따지지 않아. 저를 아껴주는 사람을 따르는 것 외에는 디른 게산이 없어. 인간들은 필요에 따라 서로를 배신하지만 이놈들은 그렇지 않거든. 있는 그대로만 받아들여. 나는 그런 텐을 통해서 자신감을 가지고 세상을 다시 살아가고 있어."

말을 하는 남편의 눈빛이 쓸쓸해졌다. 이야기를 듣고 있으면서도 나는 자꾸만 텐에게 눈길을 주었다. 텐에게서 얻었던 그의 위안은 어떤 것이었을까. 머리가 아프다. 비틀거리는 나를 그가 잡아준다. 그의 손길을 느끼자 그 틈에서도 이대로 안기고 싶다는 생각이 들었다.

밤이 되었다. 농장 주변으로 정적이 찾아든다. 맑고 깨끗한 하늘에는 무수한 별들이 반짝거린다. 마치 손을 뻗으면 잡을 수 있게 하늘을 가득 채우고 있다. 오랜만에 남편을 만난 내 마음은 들떠 있었다. 그러나 저녁을 먹은 그는 개들의 축사를 둘러보고 한참 후에야 집 안으로 들어왔다. 개들은 한 마리가 짖으면 따라 짖다가 이내 조용해지고는 했다.

불을 끄고 누웠지만 이내 잠이 오지 않았다. 남편이 팔을 뻗어 품에 안아주기를 바랐다. 그가 낮에 보았던 '그레이드 텐'처럼 강해지는 걸 보고 싶다는 마음이 솟구쳤다. 그러나 그는 내게 눈길조차 주지 않았고, 나도 그의 옆으로 다가갈 수가 없었다. 밖에는 밤의 바람 소리만 세게 들려왔다.

잠을 자다가도 남편은 개들에게서 조금만 기척이 있으면 밖으로 나갔다. 그리고 그는 축사를 향해 소리를 질렀다. 뭐라고 소리를 지르고 있는 것일까? 개들에게 말을 하고 있을 남편의 모습이 궁금해서 잠을 이루지 못하고 나는 살며시 따라 나갔다. 그는 긴 막대를 가지고 축사 앞을 다니면서 무슨 말인가 하고 있었다. 꼭 학교에서 아이들과 속삭이던 것처럼 작은 목소리로 소곤거렸다.

알아들었을까? 숨소리 하나 들리지 않는다. 개들이 조용해지자 그는 텐에게로 가까이 갔다. 텐을 부둥켜안은 그는 한참을 고개를 파묻고 있었다. 그가 고개를 들고 일어나는가 싶더니 텐도 같이 일어났다. 캄캄한 곳에서도 남편의 모습은 텐만큼이나 내게 커 보였다.

그날 밤 끝내 나는 잠을 이루지 못했다. 바람 소리만 들려도 개들은 무섭도록 짖어댔기 때문이다. 내 머릿속은 지나간 일들의 아픔 때문에 그리고 다가올 미래에 대한 불안으로 혼란스러웠다.

새벽같이 일어난 남편은 텐을 데리고 축사를 돌아다니며 개들에게 밥을 주는지 바쁜 시간을 보내고 있었다. 문득 벽에 걸린 달력을 쳐다보니 11월이 며칠 남지 않았다.

봄부터 가을까지 그를 찾아 헤맨 지난날들이 그리워졌다.

이른 새벽, 나는 아직 어둠이 걷히지 않은 길을 천천히 걸어 나왔다.

나리꽃

길을 가던 여자가 걸음을 멈추고 쇼윈도를 바라본다. 여자의 눈길이 도라지꽃처럼 고운 보랏빛 실크 정장을 걸친 마네킹에게 쏠린다. 여자의 몸은 마네킹 몸매를 가졌다. 한눈에 봐도 키 175센티미터, 가슴둘레 34, 허리둘레 25, 히프둘레 36의 늘씬한 글래머임이 분명하다. 나는 오래전부터 사람을 보면 눈으로 사이즈를 재보는 버릇이 있다.

마네킹을 보던 여자가 자신의 몸을 내려다본다. 조금 있으면 여자는 마네킹 얼굴에 자신의 얼굴을 오버랩시키며 의상실 문을 열고 들어올 것이다.

여자는 맞선을 보러갈 거라고 수줍게 말했다. 잘빠진 육감적인 몸매의 소유자였다. 여자의 말에 나는 쇼윈도 마네킹이 입고 있는 옷을 권했다. 옷은 한 치 오차 없이 들어맞았다. 만족스런 표정이다. 새 옷을 사들고 걸어 나가는 모습이 한결 경쾌하다. 나는 그 여자의 뒷모습을 보며 몸속에 있을 나리꽃을 그려 보았다.

옷을 빼앗긴 마네킹은 벌거벗은 채 서 있다. 서늘한 기운이 몸을 파고든다. 눈이 마주치자 괜스레 민망스럽다. 마네킹에게 옷을 입히려다 말고 오른손으로 마네킹 배꼽 아래를 만지며 나리꽃이 있을 만한 자리를 찾아보았다. 그리고 왼손은 내 복부에 갖다 댔다. 순간 나는 내 촉감을 의심했다. 손끝으로 따뜻한 감촉이 느껴진 곳은 오른손이기 때문이다.

플라스틱 마네킹 몸에 온기가 흐른다. 처음이 아니었다. 옷을 갈아입혀줄 때마다 느낌이 왔다. 생명 없는 차디찬 플라스틱 마네킹에 온기가 흐른다면 누가 믿어줄 것인가. 가슴이 두근거리며 목이 탔다. 냉장고 문을 열고 시원한 물을 꿀꺽꿀꺽 들이켰다. 오늘밤 또 불면에 시달릴 것이다. 아주 작은 소리에도 민감해져 깊은 잠을 못 이루고, 바람이 조금만 불어도 잠을 이룰 수 없는 날들의 연속이다.

"지영아! 일어나, 일어나!"

나를 부르는 어머니 목소리에 눈을 떴다. 꿈속에서 어머니는 감꽃 목걸이를 손에 들고 있었다. 대문을 열고 들어서면 감꽃 향이 코를 찌르는 곳이다. 나는 다시 눈을 감았다.

산야가 연둣빛 물감을 풀어놓은 듯 푸르게 변해가는 계절이었
다.

여리디여린 새순 사이사이 피어 있는 하얀 감꽃은 수정이 되어
황백색 빛을 뿜어냈다. 어머니는 하얀 무명실에 감꽃을 꿰어 꽃목
걸이를 만들어 주었다. 감꽃에서는 단내가 났다. 한나절만 지나면
시들기 시작해 검은색으로 변했지만 나는 꽃목걸이를 하루 종일
목에 걸고 다녔다.

어느 날 아버지가 술을 마시고 집으로 돌아오다 교통사고를 당
해 일자리를 잃고 말았다. 어쩔 수 없이 어머니가 생계를 책임져
야 했다. 부지런한 어머니는 감나무 집 이름을 걸고 양장점을 시
작했다. 먼저 큰길 쪽으로 나 있는 담을 허물고 마당을 가로질러
서너 평 남짓한 가게를 만들어냈다. 솜씨가 좋았던지 옷을 맞추러
온 손님들이 많았다. 밤늦도록 일을 하는 날이 많아지자 우리 집
마당 감나무에는 전등불이 걸렸다. 노랑 전구와 하얀 전구를 환하
게 달고 있는 감나무는 마치 불꽃이 핀 것 같아 나는 그 불빛을 보
느라 늦게 자는 일이 잦아졌다.

다리를 다쳐 불구가 된 아버지는 어머니를 도와 일을 하다가도
일주일에 한두 번은 꼭 술을 마셨다. 술을 마시고 나면 감나무에
걸려 있는 백열등을 보고 소리를 고래고래 질렀다. 아버지가 행패
를 부리기 시작하면 어머니 밑에서 재봉 일을 하던 이모들은 눈치
를 보며 살금살금 빠져나갔다. 어머니는 나를 데리고 몸을 숨겼

다. 그러다가 아버지가 제풀에 쓰러져 잠이 들면 제니이모와 같이
집 안을 치우고 저녁내 밀린 일을 해치웠다. 그런 내 어머니가 나
를 잊었다고 한다.

　한밤중, 밖의 어둠은 가늠할 수 없는 미궁이다. 이층에는 사람이
거처하는 방과 자질구레한 용구들을 모아놓은 또 하나의 방이 있
고, 좁고 가파른 층계를 타고 올라가면 삼층에는 재봉실이 있다.
밤이면 이층과 삼층에 미등을 켜두고 자는데 어젯밤 잠이 들면서
불을 켜지 않았던 모양이다. 문득 며칠 전, 그리다 만 스타일화가
생각났다. 나는 자리에서 일어나 실내등을 환하게 켜고 아래층 작
업실로 내려왔다.

　스케치북은 다른 물건들과 뒤섞여 작업대 한쪽에 팽개쳐져 있
다. 슬럼프에서 벗어나 일을 하고 싶은데 쉽게 벗어날 수가 없다.
4B연필을 손에 들고 스케치북을 펼쳐 망연히 쳐다본다. 손이 쉽게
머리를 따라와 주지 않는다. 제니이모는 옷에도 혼이 있다고 했
다. 그 혼을 느낄 때 옷이 제대로 만들어진다는 말도. 어제 선을 보
기 위해 옷을 사 간 여자 옷에는 아마 제니이모 혼이 들어 있는지
도 모르겠다. 다시 이층으로 올라가 욕실로 들어갔다. 입고 있던
옷을 벗어던지고 샤워를 시작했다. 냉온수를 번갈아 세게 몸에 퍼
부어댔다. 무거운 뒤통수에 지압 효과를 내기 위해 샤워기를 한없
이 들이대며 물줄기를 쏟아냈다. 이제 잠을 좀 잘 것 같다.

"여기서 잤니? 아직 꽃샘추위가 있는데 어쩌려고 그래?"

제니이모가 코트 깃을 바짝 여미며 들어왔다. 펑퍼짐한 몸이 비에 반쯤 젖어 있다. 비가 내린다는 예보가 있었지만 어제 날씨가 너무 좋아 설마 했는데 정확하게 들어맞는다.

의상실 문을 열고 밖으로 나가보니 거리는 온통 잿빛이다. 상가 앞, 작년가을 옷을 벗어버린 나뭇가지는 비바람이 부딪쳐도 정물화처럼 움직이지 않는다. 나는 의상실 안에 있던 화분 몇 개를 밖으로 내놓으며 이모에게 말했다.

"제니이모, 나 당분간 여기서 지낼게."

"그럴래? 편할 대로 해라."

왜? 라고 묻지 않는다. 한집에 살아도 서로 암묵이다. 내가 제니이모라고 부르는 여자. 본명은 김순제. 어렸을 적 엄마 밑에서 양장 일을 배우던 이모. 아버지의 여자. 엄마를 대신해 나를 키워준 여자. 하지만 나는 엄마라고 부르지 않는다.

제니이모는 주로 아침에 작업을 했다. 이른 새벽에 출근해서 그날 만들 옷들을 마름질했다. 뚱뚱한 몸만큼이나 행동이 굼뜬 그녀가 재단을 할 때만큼은 손놀림이 신들린 사람처럼 빨라진다. 재봉사가 세심한 박음질로 완성을 해서 손님에게 입히는 순간까지 그녀가 옷에 쏟는 정성은 이루 말할 수 없다. 일에 열중한 그녀는 일상의 제니가 아니다.

어느 한구석 세련미라고는 찾아볼 수 없는 여자가 만들어 낸 옷.

키 165센티에 몸무게 70킬로그램이 넘는 여자. 지금도 80년대 양장점 분위기를 그대로 간직하며 옷을 만드는 여자. 기성복을 입지 않고 굳이 맞춤옷을 고집하는 고객들은 그녀의 손끝에 눈이 들어 있어 사람을 끌어당긴다고 했다.

"시작하자. 늦었다."

제니이모가 일을 시작했다. 재단대의 왼편에 두꺼운 원목으로 짜여진 진열대가 상아색 벽면에 기대어 높이 세워져 있고, 그 네모 칸칸에 잘 개켜진 원단이 반듯하게 정돈되어 있다. 그중에 화려하게 날염된 고급스러운 원단이 내 눈길을 끌었다. 지금까지 제니이모는 유행의 흐름보다는 세련되고 품위 있는 디자인에 몰두해 왔다. 그녀의 옷은 남들의 시선을 끌어들일 만큼 디자인에 특별한 포인트를 가지고 있으며 화려한 액세서리로 장식을 했다. 특히 칼라는 턱밑까지 올라와 목을 가리는 스타일을 고집했고, 롱스커트를 매치시켜 우아한 분위기를 연출했다.

"내가 만든 옷에는 니 엄마의 혼이 들어 있어."

제니이모는 입버릇처럼 말했다. 평소에 말이 없다가도 작업과 동시에 입과 손이 같이 움직였다. 그녀의 손에 따라 움직이는 저 입술. 잠시라도 다물면 큰일이라도 날 것처럼 주절거렸다. 거침없이 쏟아내는 허스키한 목소리는 같은 내용과 같은 줄거리를 반복하지는 않지만 처음과 끝이 일치하지도 않는다. 들추어내고 싶지 않은 기억들을 제니이모는 감상에 젖어 흥미진진하게 이야기했다. 내겐 상처였고 그녀에겐 추억이었다.

"술만 마시면 아저씨는 네 엄마를 때렸어. 그러다가 재봉사와 시다 일을 하던 우리들에게도 성질을 부렸지. 너도 생각나지?"

"……."

"나를 제외한 다른 사람들은 일을 하다가도 도망갔어. 부엌에서 옷을 갈아입고 모두 집을 빠져나갔어."

"……."

"그래, 다 가고 나만 남았지. 너는 벽장에 숨어 오줌이나 지리고 있고, 네 엄마는 아저씨에게 시달리고. 그래서 나는 모르는 척할 수가 없었지."

그래, 나도 뚜렷하게 기억한다. 라디오에서 나오는 노래를 따라 부르며 하루 종일 입을 가만두지 않았던 제니이모. 아버지에게 얻어맞는 어머니를 끝까지 지켜주던 뚱뚱한 이모. 나중엔 같이 얻어맞다가 한 식구가 되어 버린 이모. 동네 사람들은 아버지가 병신 주제에 각시를 둘이나 데리고 산다고 쑥덕거렸다.

아버지의 시달림을 견디다 못한 어머니는 끝내 집을 나갔고, 아버지는 어머니를 찾지도 기다리지도 않았다. 내 나이 열 살이었다. 광주로 이사 온 뒤에는 제니이모가 어머니 노릇을 했고, 우리 집 간판도 양장점이 아닌 의상실로 바뀌었다.

불현듯 쇼윈도 앞에 내놓은 화초들에 시선이 닿았다. 아침나절 내린 비에 모처럼 몸을 적시라고 내어 두었던 화분들이다.

소사나무, 철쭉, 벤저민, 치자. 그리고 허브 화분 세 개.

마네킹의 눈길도 화초에 머물고 있다. 갑자기 오목 가슴 한쪽이 아려왔다. 숨어 있던 아픔이 고개를 내민다. 눈이 스르르 감긴다.

"너 또 잠 못 잤구나. 방으로 가서 자고 나와."

제니이모가 어깨를 흔든다.

불면에 시달리기 시작한 것은 지난겨울.

하루에도 몇 번씩 얼굴이 달아오르며 온몸에 식은땀이 흘렀다. 시간이 지날수록 횟수가 점점 잦아지고, 밤이 되면 잠을 이루지 못할 정도로 심해졌다. 하룻밤에도 서너 번씩 일어나 끈적끈적한 땀을 선풍기 앞에서 식히고 다시 잠을 청해 보았지만, 그땐 이미 잠이 깨어 설치기 일쑤고 그러다 보니 다음날이면 기운이 빠져 은근히 겁이 났다. 정말 시도 때도 없이 얼굴이 달아오르고 땀이 버쩍버쩍 나는 것 때문에 사람들 앞에서 민망할 때도 있었다. 벌써 그런 증상이 3,4개월이나 계속되고 있었고, 더구나 매달 있던 생리까지 불규칙해져서 나는 검사를 위해 산부인과를 찾았다.

그날, 산부인과 병원 문을 열고 들어서는 순간, 벽에 나리꽃 모양의 여자 자궁이 그려진 그림과 사진이 제일 먼저 내 눈에 들어왔다. 붉게 색칠된 그림은 영락없는 나리꽃이있다. 의사가 자궁 조직 검사를 해야 되겠다는 말에 왜 나는 내 몸에 올 것이 당연히 찾아온 것처럼 하나도 당황하지 않았을까? 자궁 하나쯤 없어도 살아가는 데 별로 지장이 없을 것 같았다. 그렇게 내 몸속에 피었던 나리꽃은 사라졌다.

"그것도 유전인가 보다. 니 엄마도 자궁에 물혹이 자꾸 생겨 수술을 했었는데, 하필 그런 걸 닮아서 고생을 하는구나."

제니이모의 말을 들으면서 나는 어머니하고 무관해지려고 애써 보았다. 하지만 그럴수록 마음 한구석으로는 숙명처럼 받아들여졌다. 내 의식 속에 자리 잡은 고질병 같은 것인지도 모른다.

또 다시 가슴이 울렁거린다. 머릿속 수분이 다 증발되어가고 있는 것처럼 공허하다. 두근거리는 심장의 거친 박동소리가 잦아들지 않는다.

거리가 온통 꽃구름 속에 싸였다. 가로수길에 벚꽃이 피기 시작하자 상가 번영회에서 벚나무 가지에 꽃 전구들을 달았다. 밤이 되어 꽃전구들이 반짝거리면 구경 나온 사람들로 거리는 늦게까지 북적거렸다. 제니이모가 퇴근하고 공장 식구들까지 나가고 나면 의상실엔 나 혼자만 남았다. 불꽃을 피운 벚나무는 화려했지만 나는 의상실 문 하나를 사이에 두고 마치 무인도에 혼자 팽개쳐진 사람처럼 무엇을 해야 할지 망설였다.

서서히 밤이 시작되고 있었다. 생명을 가지고 있는 것들은 꼭 살아 있는 것들만이 아니다. 정지된 고요 속에서 행거에 걸린 옷들도 살아 있는 듯 움직인다. 옷걸이에 걸린 옷 그림자는 영락없는 사람 모습이다. 장식장에 개켜 있는 옷감들도 색채를 발휘해 눈이 부시다. 마네킹 하나와 눈이 마주치자 나는 입고 있던 원피스의 가슴 부분을 수줍게 여민다. 그리고 어두운 마음을 쫓아버릴 것처럼 의상실에 켤 수 있는 불을 모조리 켠 뒤에 패션쇼를 시작했다.

내가 옷을 입고 벗는 행위는 단순하게 나를 위한 것만은 아니다. 의상실 안에 쌓여 있는 모든 정적에 대한 거부이다. 머리를 올리고 짙은 화장을 했다. 연보라빛의 바탕 위에 붉은 장미 자수가 소매 끝과 치마 아랫단에 입체적으로 새겨져 있는 원피스는 쇼윈도를 더 화려하게 빛내줄 것이다. 이지적이고 도도하게 보이는 마네킹을 내리고 나는 그 자리로 올라갔다. 감꽃 모양을 닮은 꽃전등이 쇼윈도를 화려하게 수놓았다. 지나가던 남녀 한 쌍이 쇼윈도를 쳐다보았다.

"사람이야, 아니 마네킹인가?"

"정말 사람하고 똑같네!"

그들은 다가와 유리에 눈을 가까이 댔다. 나는 숨을 멈춘 채 그들을 응시했다.

아버지는 돌아가시기 전, 어머니가 염부의 아내가 되어 살고 있다는 소문을 듣고 녕팡 백수 근처를 찾아갔었다. 하지만 그곳을 다녀온 뒤, 아버지는 나하고 눈을 마주치지 않으려 했고 나도 그런 아버지에게 아무 말도 물어보지 않았다. 오히려 측은한 눈으로 두 사람의 모습을 관찰한 사람은 제니이모였다.

"아무리 오랜 세월이 흘렀다고 정말 못 알아봤을까?"

말 한마디 하지 않고 하늘만 무연하게 쳐다보는 아버지를 붙잡고 무슨 말이든 들어보려고 제니이모는 애를 썼지만, 아버지는 입술을 굳게 다물었다. 그저 혼잣말처럼,

"미안하다. 다 내 잘못이다."

같은 소리만 되뇌었다.

쇼윈도에 올라가면 아무 생각도 하지 않는다. 그저 오고가는 사람들을 세어보기도 하고, 어둠에 묻혀 선명하지 않은 자동차 색을 세기도 한다.

몸을 움직이지 않고 같은 자세로 서 있으려면 많은 인내가 필요했다. 하지만 마네킹 노릇을 하고 나면 저녁에 잠을 잘 수 있기에 그 놀이에 조금씩 젖어들었다.

오늘밤에는 유난히도 흰색 자동차가 많이 다닌다. 흰색 하나, 검정 둘, 붉은색 셋 그리고 또 흰색이 달린다. 갑자기 아랫배가 묵직해진다.

"힘들 텐데, 그만 내려와요."

나이가 나보다 열댓 살쯤 많아 보이는 중년의 남자가 의상실 문을 열고 들어섰다. 어젯밤에도 들렀던 남자이다. 의상실 앞을 지나다 쇼윈도에 서 있는 나를 발견하고 유리에 눈을 마주하며 꿈적하지 않았던 사람이다.

"정말 마네킹이 되고 싶은 건 아니지요? 그렇게 심심하면 나 좀 도와줄래요?"

남자는 아파트를 짓고 있다고 했다. 홍보용 화보를 만드는 데 모델이 되어달라고 부탁했다. 무언가 새로운 일을 찾아가는 것도 나쁠 것 같지는 않았다.

"어떻게 하면 되는데요?"

"별로 힘들지 않을 겁니다. 사진 몇 장 찍고 모델 하우스 소개 좀 하고."

나이 든 남자에게 믿음이 생겼던 것 같다. 쉽게 그렇게 하겠다고 대답했다.

키가 커서 패션모델을 꿈꾸었던 적이 있었다. 될 수 있을 거라는 생각에 고등학교를 졸업하고 그 주변에서 맴돌았다. 제니이모는 대학에 진학해 디자인 공부를 하라고 했지만 내가 싫다고 했다. 밤새 재봉틀을 돌리던 어머니가 생각났기 때문이다. 모델은 쉽게 될 수가 없었다. 몇 년을 그냥 놀며 지냈다. 그러다가 나보다 한참 어린 후배들과 같이 이벤트 회사의 나레이터 모델로 취직을 했다. 나이를 숨기기 위해 짙은 화장을 하고, 오픈하는 가게 앞에서 태엽을 잘 감아놓은 장난감처럼 춤과 함께 목이 쉬도록 같은 말을 되풀이하는 일이었다.

춤을 추고 있으면 지나가던 사람들이 한참을 쳐다보기도 했다. 손가락질을 하며 웃는 아이들도 있었다. 나는 그럴 때 사람들의 시선을 무시했다. 그들을 의식하지 않고 춤을 추고 있으면 몸 안에서 출렁거리는 물소리가 느껴져 한없는 상상의 나래 속으로 빠져들 수 있었다. 그러나 춤추는 자유도 오래가지 못했다. 바라보는 눈들 때문이다. 가는 곳마다 집요하게 쳐다보는 눈들이 생겨났다. 갑자기 온몸에 뱀이라도 감기는 양 끈적끈적한 그 눈초리들이 너무 싫어 그 일을 더 이상 할 수 없었다. 그래서 제니이모의 바람대로 학원에서 디자인 공부를 했다.

남자가 원하는 대로 아파트 홍보 모델이 되었다. 아파트를 배경으로 사진을 찍고, 여자들의 호기심을 끌어당길 수 있는 비싼 가구들 앞에서도 사진을 찍었다. 주로 모델 하우스 안에서 그 작업들이 이루어졌지만 정말 나는 가정주부가 된 것 같았다.

모델 하우스는 참 묘한 마력이 있었다. 그 안에 있으면 진짜 집보다 더 진짜로 보였다. 밥 한 끼 해먹지 않은 주방에서 앞치마를 입고 사진을 찍으면 금방이라도 음식들이 차려질 것만 같았다. 안방 장롱을 열면 이불이며 옷가지들이 가득 들어 있을 것 같은 착각도 들었다. 같이 사진을 찍은 남자 모델이 남편 같기도, 오빠 같기도, 아버지 같기도 했다. 그러나 촬영이 끝나고 나면 늘 공허했다.

한 계절을 그렇게 보냈다. 같이 일을 하면서도 그는 나에게, 나는 그에게 서로 아무것도 묻지 않았다. 지난 일에 무관심했고, 현재의 생활도 알려고 하지 않았다. 그는 내가 편하다고 했다. 나도 그런 남자가 좋았다. 언제부터인지 모델 하우스 모델이 아닌 여자로서 그를 따라다니기 시작했고, 그걸 사랑이라고 믿으며 의지를 하게 되었다. 화보 촬영이 다 끝날 무렵, 남은 생을 너와 함께 하고 싶다는 말에 그와 동거를 시작했다.

주문한 디자인이 밀려 며칠간 집에 들어가지 못하는 날이 이어졌다.

저녁 무렵, 일을 하다 겨우 틈을 내서 갈아입을 옷과 작업에 필요한 물건을 가지러 집에 들렀다. 집 안은 평소의 그답지 않게 신발이며 옷가지들이 제멋대로 어질러져 있었다. 여자인 나보다 더 반듯하게 정리하고 사는 사람인데, 또 다른 모습을 본 것 같기도 해 낯선 느낌이 들었다. 바쁘게 물건을 챙겨들고 막 현관을 나서려는 순간 계단을 올라오는 그의 목소리가 들렸다. 아직 그가 집에 들어오기에 이른 시각이었다. 나는 반가운 마음에 주방으로 몸을 숨기며 그를 기다렸다. 그런데 그는 혼자가 아니었다. 마네킹보다 더 늘씬하고 더 예쁘게 생긴 여자를 데리고 집 안으로 들어왔다.

나는 순간적으로 몸을 돌려 주방에서 다용도실로 들어갔다. 두 사람을 발견하는 순간 그래야 될 것 같았다. 불도 켜지 못하고 캄캄한 곳에 숨어 있었다.

그들은 내가 한 걸음도 나설 수 없게 집 안에 불을 환하게 켜더니 음악을 틀고, 거실의 소파에서 술을 마시다가 방으로 들어갔다. 간혹 깔깔거리는 소리가 방 안에서 새어나왔다. 얼마나 지났을까? 귀에 익은 남자 웃음소리가 한 옥타브 높아져 흥분된 듯했다.

나는 그들이 떠난 뒤에도 오금이 저려 움직이지 못하고 다용도 실에서 한참을 앉아 있었다. 겨우 정신을 차리고 나오는데 나도 모르게 오줌을 지렸던지 청바지가 축축해져 있었다. 나는 몸을 움츠렸다. 입술 위에 나도 모르게 손이 갔다. 심장의 열이 온통 입술 위로 모아들었다. 지그시 입술을 깨물고 입술에 붙어 있는 각질을 하나씩 천천히 뜯어냈다.

나는 그에게 어떤 존재였을까. 예쁜 옷 입혀 여기저기 데리고 다니며 시키는 대로 따라하는 마네킹 같은 여자. 내가 맡은 역할은 모델 하우스에 놓여 있는 물건 중 하나였을 뿐이다.

잠깐이었지만 가족을 만들어 그 울타리 안에서 살고 싶었던 내 기대가 무너진 순간이었다. 생각할수록 나를 처연하게 만들었다.

새벽부터 안개가 자욱하더니 걷힐 줄을 몰랐다. 아침을 먹고 나서 산엘 갈까 말까 한참을 망설이다 결국 산을 오르기 시작했는데, 그때까지도 안개는 산 능선을 감싸고 있었다.

한 시간쯤 올라가자 갑자기 한줄기 볕이 눈이 부시도록 쏟아댄다. 흘러내린 땀을 수건으로 닦다 말고 깜짝 놀랐다. 흰나비였다. 흰나비 떼들이 내 눈앞에서 수도 없이 날아다녔다. 나는 고개를 돌려 주변을 살폈다. 나비들은 내가 걸어왔던 길에도, 내가 걸어갈 길에도 날아다니고 있었다. 안개 속에 숨어 안개를 타고 놀고 있어 내가 못 보았을 뿐이다.

나는 한참을 망설였다. 그 자리를 뜨기 싫었다. 이대로 나비들 속에 묻혀버리고 싶었다. 단순히 내 소망은 나비를 부러워하는 것이었다. 나는 그 자리에 주저앉았다. 여린 잎들이 나뭇가지 사이로 스며드는 햇볕에 눈이 시리도록 반짝였다.

나비가 된다면 다 잊어버리겠지. 나비라, 그래 나비가 되자.

등에 메고 있던 배낭을 땅에 내려두고 나무 등걸에 몸을 기댔다. 흰나비 떼들이 내 몸 위로 날아들었다. 순식간에 내 몸은 나비들로 덮였다. 나는 나비들의 날갯짓에 숨이 막혀 취해가고 있었다.

어느 날 밤, 의상실을 찾아온 남자가 소리 질렀다.

"결혼하기를 너 원했니? 꿈도 크다, 주제도 모르고."

술에 취한 남자가 내뱉은 말은 거칠었다. 평소에 점잖았던 모습 같은 것은 보이지 않았다. 강압적으로 나를 안았다. 나는 갑자기 몸이 뻣뻣해지며 화석처럼 굳은 몸이 풀어지지 않았다. 아랫배에 포만감이 느껴져 당장이라도 몸속에 고인 물이 밖으로 나올 것 같아 남자를 밀어냈다. 내 몸 아랫부분에 잔뜩 고여 있는 샘물이 금방이라도 터져 버릴 것 같아 잠깐만, 잠깐만을 외쳤지만 그는 나를 끝내 놔주지 않았다. 나는 견디지 못하고 남자가 내 몸에 들어오는 순간 물을 쏟아내고 말았다. 가낭이 사이로 축축하게 흘러내리는 물, 또 다른 눈물이었다.

순간, 나는 태어나서 처음으로 온몸이 따뜻해짐을 느꼈다. 머리 끝에서 가슴으로 터져 나오는 감정을 주체하지 못하고 소리 죽여 울었다. 홍건하게 젖은 침대를 보던 남자는 어이가 없다는 듯이 일그러진 얼굴로 나갔다. 나는 그를 붙잡을 수도 없었고 붙잡기도 싫었다. 슬프다거나 노여워하기보다는 홀가분한 마음이 앞섰다. 우리가 피상적으로 내세우는 자존심이란 자신들이 만들어 놓은 거푸집 같은 허망함이라는 것을 알았다. 마치 그 자존이 허물어지면 전부가 허물어질 것 같아 나는 꼿꼿하게 고개를 치켜들었다.

아버지가 술에 취한 날이면 어머니는 나를 벽장 속에 숨겨주었다. 혹여 딸에게까지 손찌검을 할까, 절대로 소리를 내지 말라며 신신당부까지 했다. 어둠 속에서 무서움을 견뎌내며 아버지가 잠들 때까지 참고 있어야 했던 나. 아랫도리가 축축하게 젖도록 오줌이 흘러도 아무 소리를 내지 못했다. 내 자궁은 그때부터 이미 내 것이 아니었던 모양이다.

또 다시 아랫배에 통증이 왔다. 너무 무리하게 움직이지 말라던 의사 말이 떠올라 산을 오르는 일을 포기하고 서둘러 내려왔다. 방금 전 내 눈앞을 날아다니던 나비들이 억센 힘으로 나를 끌어당기는 것 같아 자꾸만 뒤를 쳐다봤다.

차를 움직였다. 순간적으로 방향을 잡고 보니 차는 어느덧 도심을 빠져나와 외곽으로 달리고 있었다.

도로가 한산하다. 시내를 빠져나온 차는 서쪽을 향해 가고 있다.

국도 1호선. 나주 함평을 지나 무안을 거쳐 목포까지 가는 도로이다. 함평읍을 지나 영광으로 가면 백수로 가는 길이 나올 것이

다. 언젠가 한번 제니이모를 따라 그쪽 어디를 구경하러 가기도 했
지만 이렇게 찾아갈 일은 없을 거라 생각했었다. 이십몇 년 전에
헤어진 어머니를 찾아가는 일도 우습지만, 만난다 해도 알아보지
도 못할 사람에게 무슨 할 말이 있을는지, 길이 더 낯설기만 하다.

한 시간쯤 지나 차가 백수로 접어들자 갑자기 빗방울이 떨어지
기 시작했다. 바다를 끼고 도로의 끝을 향해 한없이 가고 있는 지
금 아무 생각도 나지 않는다. 천혜 절경이라는 주변 풍경도 나를
위로하지는 못했다. 다만 백수가 어머니 고향이었고, 어렸을 적 그
곳을 떴다는 사실을 알았을 뿐이다.

그런 내가 지금 어머니를 찾아가려고 하는 이유는 무엇인가.

핸드폰이 울렸다. 연락도 끊고 아침부터 어디를 그렇게 돌아다
니느냐며 제니이모가 책망을 한다.

"오늘 네가 없으니 오전내 손님이 없다. 어쩌다 들어오는 사람
들도 마네킹 아가씨 어디 갔느냐고 너만 찾는다. 넌 도대체 누구
를 닮았니? 여자애가 냉차기만 한 게 영락없이 니 엄마야."

제니이모는 끝까지 주절거리다 전화를 끊었다. 짧은 반팔티 하
나만 입고 있던 니는 한기를 느꼈다. 백미러에 비치는 입술이 푸
르스름하다. 갓실에 차를 세우고 얇은 등산 점퍼를 주섬주섬 챙겨
바쁘게 걸쳤다. 푸른 입술에 따뜻한 기운이 감돌며 붉게 변한다.
창문을 열어본다. 비가 넘추사 안개가 걷히면서 시야가 밝아진다.
은은하게 들리는 파도소리, 끝없이 이어지는 모래사장, 여름내 몸

살을 앓았을 수영장들이 폐장을 앞두고 한산하다.

백수 도로 끝이라는 이정표가 보인다. 이제 저쪽 커브길만 돌아서면 어머니가 살고 있다는 염전이 보일 것이다.

대창염전, 대성수산, 서해염전, 서해수산. 지산양어장.

즐비하게 늘어선 팻말 앞에 나는 천천히 차를 운전하며 염전 배미로 들어섰다. 짠 내가 확 풍겨왔다. 띄엄띄엄 지어진 소금창고들이 소금밭 옆으로 널브러져 있다. 끝없이 이어진 긴 방죽 길, 해주라고 했던가? 함수를 제 몸속에 가두고 거의 물속에 잠겨 있어 양철 지붕만 보인다.

차가 지나는 큰길 옆에 민박이라고 쓰인 식당이 보였다. 어머니를 만나기 위해서는 이 근처에서 하루 이틀을 지내야 할 것 같아 나는 식당 주인을 만나 숙식을 부탁했다. 관광객은 물론이고 근처가 모두 염전이라 일하러 오는 사람들이며 흥정하러 오는 사람들까지 상당히 손님이 많다고 했다. 주인 여자가 부산거리는 모습을 보다 가만히 앉아 있기가 멋쩍어 조금 도와주겠다고 나섰더니 일손이 부족했는지 반기는 기색이었다.

처음엔 식당일이 많으면 얼마나 되겠는가 싶어 쉽게 생각했는데, 식판을 들고 왔다 갔다 하는 게 시간이 지날수록 피로감이 엄습해왔다. 주인 여자는 인부들이 술판을 벌이지 못하도록 저녁 일찍 영업을 끝내고 문을 닫았다. 나는 온몸이 처질대로 처져 파김치가 된 기분이다. 방문 꼭지쇠를 잠근 뒤 선풍기를 틀고 자리에 누웠다. 목욕을 했는데도 소금기가 남아 있는지 살갗이 따끔거린다. 선풍기 바람에도 짠 내가 묻어 있는 것 같아 순간 짜증이 인다. 어디든지 스며들어 도대체가 고슬고슬한 데가 한 군데도 없다. 금방 씻었는데도 바람에 묻어 들어온 소금기에 몸은 더 끈끈하기만 하다.

광주를 떠나올 때만 해도 나는 뚜렷하게 어머니를 찾아갈 생각을 하지 않았다. 영광 백수라는 곳이 얼마나 먼 거리인지, 또 그곳을 간다 해도 어머니를 만날 수 있을지, 열 살 때 헤어진 어머니를 내가 기억할 수 있을까? 하는 두려움. 설혹 알아본다 해도 내가 당신의 딸이라고 말하면 믿어줄지, 서로 기억해주기를 바라는 것도 못할 짓이지 싶었다.

옆방에서 주인 여자의 기침소리가 들린다. 피곤하기도 할 것이다. 내일 이 근처 염전들이 소금을 낸다고 오후 내내 음식 준비를 하느라 쉴 틈이 없었다. 나는 여자의 기침소리를 들으며 잠이 들었다.

굵은 목소리가 들린다. 부지런한 일꾼들이 새벽부터 들이닥친 모양이다. 아침 새소리에 묻혀 해장국을 먹으러 온 인부들 웃음소리가 간간이 들린다.

"젊은 사람이 여직 안 일어났는갑네."

"상전을 데리고 왔는가비여."

누군가 내 방문을 두드리려고 하자 주인 여자의 노기 띤 음성이 크게 들린다.

"시방 뭐하는 것이여. 우리 친정 조카랑께."

"아따 아짐 다 알고 있소. 친정 조카가 한둘이요. 오늘 저녁은 일찍 문 닫아걸지 말고 안주나 두둑허니 준비해 놓으시오."

나무 막대기로 양철 지붕 두드리는 소리를 내며 남자 하나가 미리 점을 찍겠다는 듯 토를 단다.

"일년 중 여름 소금이 제일 좋아. 대창염전은 이 근처에서 제일 넓은 소금밭을 갖고 있는 터라 오늘부터 소금을 내면 장이 크게 설 것이네. 찾는 사람이 누군지 몰라도 잘 살펴보시게."

주인 여자 말대로 아침밥을 먹고 난 뒤 나는 식당을 중심으로 오고가는 사람들을 살피기 시작했다. 정말 이 근처에 어머니가 산다면 분명 눈에 띌 것이다. 막연하지만 나는 어머니가 나타나기를 기다리기로 했다.

어머니가 나타난 것은 내가 이틀째 머무른 저녁 무렵이었다.

해가 설핏 기울어지기 시작하자 부부는 손자를 앞세우고 여물을 찾는 소처럼 식당에 들렀다. 식당 옆, 나란히 붙어 있는 행운슈퍼에서 손자에게 과자 한 봉지를 사서 손에 들려주고 두 사람은 식당으로 들어왔다. 소주 한 병 정도라면 슈퍼에서 사서 마셔도 되련만 식당으로 들른 것은 오래된 버릇 같았다. 한쪽 손을 허리에 받치고 꼿꼿하게 고개를 든 채 남은 한 손으로 술을 따라 들이키는 영감의 모습을 보니 그래도 젊은 날에 힘깨나 썼을 것 같다. 마르긴 했어도 벌어진 어깨는 아직 굽지 않아 허우대가 헌칠했다. 잘생긴 인물의 윤곽도 그런대로 남아 있었다. 소주 한 잔이 영감의 입을 통해 식도를 타고 내려갈 때쯤, 옆에 앉아 있던 할머니는 애정 어린 눈빛으로 식당 주인이 놓고 간 가자미회를 젓가락으로 집어 살며시 입에 넣어주었다. 나는 그 모습을 반대편 식탁에 앉아 밥을 먹는 척하며 힐끔거렸다.

갑자기 영감이 움찔했다. 씹고 있던 가자미회를 한참 동안 씹어 삼키고 나더니 강한 눈빛으로 나를 쏘아봤다. 잔뜩 의아한 표정이다. 할머니와 나를 번갈아 보고 또 쳐다봤다. 나는 시치미를 떼며 무표정한 얼굴로 고개를 돌렸다.

손자가 과자를 다 먹은 모양이다. 할머니를 부르며 부스러기가 묻어 있는 손바닥을 딱딱치면서 식당 앞에 어정거렸다. 영감은 마지막 잔을 마시고 자리에서 일어났다.

"막차는 지나갔는가?"

"예. 진즉 갔지요."

영감의 물음에 식당 주인 여자는 미안한 얼굴로 대답을 했다.

"가세, 안 올 모양이네."

할머니를 일으킨 영감은 식당을 나섰다. 이미 사위는 어둠 속에 묻혀버려서 세 사람은 그림자를 뒤로 하고 길고 긴 방죽을 따라 소금밭으로 돌아갔다. 나는 그들이 걸어가는 방향을 물끄러미 바라보고 있었다. 그 모습을 지켜보고 있던 주인 여자가 말했다.

"참 보기 좋다. 타고 난 인연이야."

나는 차마 저들이 누구냐고 묻지 않았다.

"저 할매가 복둥이여. 영감이 마누라 죽고 혼자서 아들 키우고 살고 있는디 저 할멈이 들어왔구먼. 정신도 놔 버리고 몸이 망가져 들어온 사람을 영감이 살려놨어. 영감이 어찌나 할멈을 잘 챙기는지 죽어도 원이 없을 거네. 소금밭도 잘 되고 아들도 잘 컸어. 몇 년 전에 아들 며느리가 손자 맡겨두고 서울로 가서 손자 놈 재롱 보면서 잘 살아. 소금 낼 때가 되면 꼭 아들이 왔는디 어째 안 오네. 오늘도 아들이 올 줄 알고 마중 나왔구먼."

혼자 사는 주인 여자는 부러운 말투로 말을 이어간다. 젊은 나이에 집을 나간 어머니는 이미 육십을 넘어 칠순이 되어가고 있었다. 나는 말없이 방으로 들어왔다.

아버지는 돌아가시기 전 내게 말했다.

"니 엄마가 나를 못 알아봤어. 내가 죄인이여. 사고를 당해 헤매다가 어릴 적 살았던 곳만 기억하고 찾아간 사람을 내가 오해했어. 나를 떠났다고 생각하고 찾으려고 생각을 안 했다. 그런 줄도 모르고 버려두었으니 내가 나쁜 놈이여. 훗날이라도 만나면 내가 잘못했다고 꼭 말해라. 다 잊어 불고 잘 사는 것 같아 다행이기도 하더라만."

밤새 잠이 오지 않았다. 눈을 감으면 어머니가 감꽃 목걸이를 들고 나에게 손짓하고 있었다. 나는 감꽃을 받으려고 어머니를 쫓아 갔다. 소금꽃이 피어 있는 염전 저수지 안으로 어머니가 달려갔다. 어머니!

사람들 목소리가 희미하게 들려왔다. 날이 밝고 있었다. 이불 속에서 겨우 몸을 일으킨 나는 아침을 먹자는 주인 여자의 말을 귓가로 흘린 채 소금밭으로 나갔다. 집으로 돌아가기 전 어머니가 살고 있는 소금밭을 둘러보고 싶었다.

지난밤의 어둠을 물리친 소금밭은 온통 하얀빛으로 밝아오고 있었다. 병풍처럼 둘러져 있는 소나무들은 해풍을 쐬며 자라 더욱더 늠름하다. 여기저기 무리지어 앉아 있는 갈매기들이 먼 바다에서부터 아침을 몰고 왔다. 바닷물이 들어오는 곳에는 작은 수문이 있었다. 바닷물이 그득하니 담겨 있는 염전 저수지에 새벽 물안개가 서서히 피어오른다.

영감은 소금창고 문을 활짝 열고 있었다. 무릎 가까이 올라오는 장화를 신고 그동안 쌓아두었던 소금을 자루에 담기 시작했다. 평생을 소금밭에서 살아온 초로의 염부에게는 활기와 즐거움이 있었다. 창고 안에 햇살이 비치자 소금이 반짝반짝 보석처럼 빛났다. 그동안 물기가 빠져 눅눅하지 않고 잘 마른 소금에서 고소한 냄새가 났다.

"한 줌 먹어 볼란가? 이번 소금이 참 좋아. 고소하니 단맛이 나는디."

영감은 가까이 서 있는 나를 손짓하여 부르더니 소금 한 움큼을 집어주었다.

"많이 닮았네, 우리 집사람이 처음 나한테 올 적 모습하고 똑같아."

"그런가요?"

"걱정하지 말고 가시게. 내 잘 챙기며 살 테니. 보고 싶으면 언제든지 오시고."

갑자기 정지되었던 풍경들이 살아 움직인다. 얼굴 가득 웃음을 머금고 나를 쳐다보는 영감의 얼굴에서 돌아가신 아버지 모습이 어른거린다. 먼발치에서 아침밥을 챙겨서 머리에 이고 걸어오는 어머니. 얼굴에 엷은 홍조를 띠며 다가온다. 나는 어머니 앞에 나서지 못하고 한참을 지켜보다가 몸을 돌려 소금밭을 빠져나왔다.

핸드폰이 울린다. 또 하나의 다른 어머니 제니이모가 계속 문자 메시지를 보내왔다.

—어디냐? 어디를 갔느냐?

나는 어디를 왔는가? 누가 나를 여기까지 끌어당겼는가? 나를 따뜻하게 품어줄 모태를 찾아 나도 모르게 왔을 뿐이다. 하지만 또 하나의 모태, 불현듯 의상실의 쇼윈도가 그리워졌다. 나를 변화시킬 수 있는 곳, 들어가면 나를 잊을 수 있는 곳. 그래, 그곳으로 다시 돌아가자.

제니이모의 메시지를 보며 발신자 번호를 눌렀다.

누이아일랜드는
어디쯤 있을까

아버지가 두 달이 넘게 돌아오지 않는다고 연락을 한 사람은 건설회사 문 사장이었다. 하지만 나는 쉽게 찾아 나설 수가 없었다. 학교는 방학이 아닌 학기 중이었고 아버지는 너무 먼 곳에 있었다.

"행방불명이 되었던 사람을 십여 년이 지난 어느 날 오지의 마을에서 발견했는데, 그는 다시 문명 세계로 돌아가지 않겠다고 했었대. 세상을 등지고 살 수 있는 용기가 부럽다."

그렇게 아버지는 남을 의식하지 않고 세상을 살아갈 수 있는 방법을 모색하며 살아온 사람이다. 정말 그럴 때마다 어디론가 사라졌다 몇 달 만에야 모습을 나타내곤 했다.

나는 지도를 내놓고 아버지가 갔을 만한 곳을 찾아본다. 샌프란시스코에서 북쪽으로 달렸으면 시애틀이나 밴쿠버를 갔을 것이다. 유럽이나 천연 그대로의 땅 뉴질랜드를 여행갈 수도 있겠지. 아니면 한국 땅 어느 길목에서 길을 못 찾고 서성거리고 다닐지도 모르겠다.

문 사장 연락을 받고부터 나는 날마다 아버지 꿈을 꾸었다. 아버지는 발이 푹푹 빠지는 사막을 시꺼먼 코트를 걸친 커다란 사내들과 함께 달리고 있었다. 부지런히 뒤를 쫓아가면 더 깊은 사막으로 사라져버린 아버지. 나는 그런 아버지를 밤새 쫓다가 잠에서 깨어났다. 깊은 산속으로 나무를 하러 갔다 백 년을 살았다는 전설 속의 인물처럼 아버지도 어디론가 숨어버린 건 아닌지.

전화벨 소리에 눈을 뜨고 시계를 보니 밤 10시가 넘었다. 내일 친구들과 지리산을 다녀오기로 했다는 민의 목소리다. 나는 아무 말 하지 않고 듣고만 있었다. 그는 조금치의 주저함도 없이 할 말만 하고 전화를 끊었다. 쉬는 날이면 낮은 산 높은 산 가리지 않고 헤매고 다닌다. 아버지를 많이 닮은 사람이다.

퇴근을 하고 와 몸에 열이 있는 것 같아 조금 누워 있는다는 것이 그만 잠이 들었던 보양이다. 꿈까지 꾸다니, 온몸이 땀에 젖어 있다.

눈을 다시 감아본다. 흑백영화 한 편을 보듯 푸른빛의 돌들이 깔려 있는 바닷가가 자꾸만 떠올랐다.

며칠 전 TV에서 완도 장보고 축제를 소개하고 있었다. 가볼 만한 곳 몇 군데를 안내하고 있었는데 때마침 정도리 구계등이 화면에 비쳤다. 청환석이라 불리는 푸른 돌들이 해안선을 따라 깔려 있었고, 그 돌들은 아홉 고랑을 타고 바닷속까지 내려가 있었다. 나는 그 푸른빛에 사로잡히고 말았다. 갈 수만 있으면 당장이라도 가보고 싶었다. 달이라도 뜬다면 어둠 속에 섞여 있을 푸른빛을 찾아낼 수도 있을 것이다. 그렇게 가 본 적이 없는 구계등이 마치 내 안으로 옮겨온 것처럼 마음속에 온통 철썩대었다. 나는 정도리 구계등에 푹 빠져들고 말았다.

때마침 1박 2일 직원여행을 어디로 가면 좋겠느냐는 물음에 나는 주저하지 않고 완도 정도리와 상록 활엽수 집단 재생지로 유명한 수목원 산책 코스를 추천했다. 직원들은 마치 내 마음을 읽은 것처럼 더 알려고도 하지 않고 쉽게 완도로 결정을 했다. 내일은 푸른 돌을 볼 수 있을 것이다.

토요일 오후, 붐빌 것 같았던 도로는 한 번의 정체 없이 넓게 트인 도로를 시원하게 달린다. 천지를 뒤덮은 나무들이 초록을 향해 이제 출발이다. 5월의 연두색, 햇볕에 반사되어 눈이 부신 나무들을 보며 어젯밤 나를 사로잡았던 구계등의 푸른빛을 연두색에 섞어본다. 두 색을 섞은 색이라니. 그 혼탁함이 내게 다가와 색을 구별할 수가 없다.

차를 몰고 바람을 쏘이겠다고 돌아다닐 때와는 사뭇 다른 기분이다. 사십 인승 관광버스를 대절해 좌석이 남아돌지만 갇힌 느낌이다. 괜히 실내를 두리번거리다 머쓱해서 눈을 감았다. 왜 아버지가 생각나는가. 자주 당한 일인데도 마음 하나 못 다스린다.

아버지가 한국을 떠난 건 3년 전이었다. 오랜만에 나를 찾아온 아버지는 평소와는 다르게 들떠 있었다.

"본 지가 오래 되어서 와 봤다. 잘 있었냐?"

나는 머뭇거리다 무슨 일이 있느냐고 아버지께 재차 물었다.

"나, 미국으로 가기로 했다."

그 한마디. 그리고 말이 없었다.

아버지는 그동안 중소 건설회사에서 토목 일을 했다. 인구 삼십만 명 정도 되는 소도시에서 서민 아파트를 지어 분양까지 했다. 재무구조가 튼튼한 회사라고 했는데 무슨 일이 생긴 걸까.

"부도가 났어. 같이 토목 일을 했던 문 사장이 나갔다 오자고 하니 다녀올게."

마치 이웃집에라도 다녀올 것처럼 말했다. 몇 년 동안 한곳에서 오래 버티는구나 싶었는데, 올 것이 왔다는 생각이 먼저 들었다.

"아버지 나이 육십이 넘었어요. 이제 고향을 떠나면 외로우실 텐데요."

"그쪽에 일자리도 준비됐고, 다시 시작이라고 생각하고 출발해 보지 뭐."

내가 어떤 말을 해도 변할 것 같지 않았다. 아버지는 그렇게 미국으로 들어가셨다.

　내 어린 시절에도 그랬다. 집에 계시던 아버지가 갑자기 보이지 않아 궁금해 하면 아버지는 어느새 건설 현장에 가 있었다. 어머니는 늘 우리 식구가 모여 단란하게 살아가기를 꿈꾸었지만 언제나 아버지의 자리는 비어 있었다. 아버지는 집과는 먼 곳에서 공장이나 도로, 다리를 만들고 있었다.

　"니 아버지, 우리 때문에 저렇게 돈을 모으려고 애쓰는 거라고 하지만, 다 내가 보기 싫어서 저러고 다니지. 우리한테 관심이나 있냐?"

　싸늘한 바람이 스치고 지나가듯 어머니는 울컥하며 눈가를 씻고는 했다.

　아버지가 첫 번째로 해외 근로자로 나간 것은 내가 초등학교를 졸업할 무렵이다. 중소기업 플랜트 공정관리 기사로 이란을 갔다.

　"느이 아빠 이란을 가는 거지만 마음은 누이아일랜드를 가는 거야."

　"누이아일랜드가 어딘데요?"

　"아빠한테 물어봐라."

　세계지도를 내놓고 나는 누이아일랜드를 한참 동안 찾았다. 바람이 많이 불던 추운 겨울날이었다.

　아버지가 외국으로 나가자, 어머니는 시장에 붙어 있는 상가건물을 얻어 아동복 장사를 했다. 집 안에서 쥐죽은 듯 살았던 어머니로서는 대단한 결심이었다.

"돈 벌어서 보내주면 그 돈 가지고 착실하게 살림이나 하지. 자식 하나도 제대로 못 키우면서. 뭔 돈을 벌어? 호강에 초 치는 소리하고 자빠졌네. 무슨 놈의 장사. 저년은 군대 간 니 아빠를 찾아다녀 바람 들게 만들더니, 제대하고 학교도 못 다니게 신세 망쳐놨어. 웬수 같은 년!"

일찍 돌아가신 할머니 대신 아버지를 키웠다는 고모는 나를 만날 때마다 어머니를 헐뜯었다. 하지만 어머니는 그런 고모를 철저히 무시했다. 오히려 그런 말을 듣고 외할머니가 길길이 날뛰었다.

"저 어린 것, 느이 아빠한테 당하지만 안 했어도 결혼시키지 안 했을 거다. 뭐 내 딸만 잘못인가? 마음고생 그만큼 했으면 되었지. 웬 간섭일까."

외할머니는 보란 듯이 들락거리며 집안 살림을 해주었고, 나도 내 일은 할 수 있는 나이였다. 어머니는 별걱정 없이 가게 일에 몰두했다.

그즈음 외할머니는 편두통이 심해졌다. 경험도 없는 어머니가 가게를 운영해 나갈 수 있을지 불안한 마음으로 지켜보느라 잠을 제대로 못 잤다. 그러나 정작 일을 시작한 어머니의 얼굴에는 생기가 넘쳤다. 봄날을 맞이했다고나 할까? 뭐 그런 표정이었다.

가게 물건은 제법 쏠쏠하게 잘 팔렸다. 시장 안에 아동복 코너가 많지 않아 그럭저럭 장사가 된 것 같았다. 어머니는 보름에 한 번 정도 시장 사람들과 어울려 서울로 물건을 하러 다녔는데 그 나들이를 특별히 좋아했다.

"시장 안에 별의별 것들이 다 있다. 종류로 치면 수만 종이 될 거고, 색으로 표현해도 수만 색이야. 나는 이 세상에 그렇게 다양한 물건들이 있다는 걸 생각도 못해 봤어. 이것 봐라, 이 머리핀 진짜 별 같지?"

어머니는 단정하게 자른 내 단발머리에 별모양 보석핀을 찔러주었다.

그런 어머니가 차츰 변해가기 시작했다. 조용하던 성격이 말이 많아지고 웃음이 헤퍼졌다. 서울로 물건을 하러 가면 정작 가게에 필요한 아동복보다는 고급 숙녀복을 사다 나르고, 색색의 신발이나 가방을 주문해왔다. 시장 사람들은 어머니를 이상한 눈으로 쳐다보기 시작했다. 왜 아동복이 아닌 다른 물건을 파느냐고 따지러 오는 사람들도 있었다. 날이 갈수록 화려해지는 어머니를 보고 바람이 났다고 수군거리기도 했다. 서울로 물건을 하러 가면 며칠씩 놀다 오는 일이 잦아졌다. 어머니는 몸치장을 하고 놀러 다니는 일에 더 신명 나는 세월을 보냈다.

2년 만에 아버지가 돌아오셨다. 설날이 들어 있던 2월이다. 어머니는 그동안 가진 돈을 다 없애고 빚만 늘려놓았다. 고모는 남자가 생긴 거라며 어머니를 의심했고, 외할머니는 어머니 마음이 저렇게 행해진 것은 아버지 탓이라며 궁색한 변명을 늘어놨다. 하지만 아버지는 아무것도 관심이 없었다. 고모가 어떤 말을 해도, 어머니가 무엇을 사다 날라도 모른 척 따져 묻지 않았다. 그저 허! 허! 사람 좋은 웃음으로 그 자리를 모면했다. 겉도는 삶이었다.

추위가 저만큼 물러났다가 다시 되돌아온 봄날이었다.

"금년에 좋은 일만 있을 거다. 수연아, 아빠 이번에는 정말로 돈 많이 벌어올게."

2월 한 달을 집에서 보낸 아버지는 내 어깨를 다독이고 나서 이란에서 가지고 온 가방을 들고 다시 리비아로 갔다. 어머니는 다시 밖으로 돌아다니기 시작했다. 나는 그런 어머니가 창피하고 싫었다.

"지 애비가 나를 무시하니 저년까지 나를 무시해."

어머니는 실컷 놀고 들어와서 그 딸에 그 애비라며 나를 향해 욕을 퍼부었다. 그리고 3년, 내가 중학교를 졸업하고 고등학생이 된 뒤에야 아버지는 집으로 돌아왔다.

"지금 잠자러 온 거 아니죠. 분위기 칙칙하네."

옆자리에 앉았던 이 선생이 나를 흔들었다. 차는 윈도 서문에 들어서고 있었다. 깎아지른 듯한 기암괴석들이 연둣빛 숲과 더불어 하늘을 가리고 있다. 절벽 사이에 위태롭게 앉아 있는 정자에 사람 두엇이 서서 손을 흔든다. 산 그림자에 가려 그늘진 샛길로 차가 빠져나오자 그곳에서부터 바다가 보이기 시작했다. 멀리 수평선에 어렴풋이 배도 보인다. 완도를 땅끝으로 봐야 되는 거 아닌가? 완도다리를 지나면서 누구인가 큰소리로 말을 한다.

완도나, 해남이나 땅끝이 어디건 일행들은 관심 없는 눈치이다. 빨리 도착해 싱싱한 회에 술이나 한잔할 생각들뿐 일게다.

완도에 도착하자마자 일행은 늦은 점심을 먹기 위해 어시장으로 들어갔다.

건물 일층 오백여 평을 반듯하게 터서 안과 밖을 깨끗하게 다듬어 놓은 어시장은 사람들로 붐볐다. 플라스틱으로 만든 넓적한 물통에는 이제 갓 잡아가지고 온 싱싱한 어류들이 살아서 파닥거리고 있었고, 횟감을 팔고 있는 여자들은 발목까지 올라온 장화를 신고 지나가는 사람들을 웃음 가득 띤 얼굴로 잡아끌고 있다. 바다에서부터 고무호스를 이용해 물을 끄집어 올려 시장 안은 온통 물바다였지만, 사람들은 바짓가랑이를 잡고 발꿈치를 높이 들고 다니면서도 즐거운 표정들이다. 모든 것들이 살아 움직이고 있어 그 안에 서 있기만 해도 생동감 있게 보인다.

몸집이 나선형으로 길게 뻗은 자연산 우럭과 암갈색 빛이 감도는 광어를 횟감으로 골라 그 자리에서 썰어, 초고추장과 함께 야채를 사 가지고 이층에 있는 식당으로 올라갔다. 회를 뜨고 남은 뼈와 머리는 밥과 함께 먹을 수 있도록 매운탕을 끓여주겠다고 했다.

싱싱하다 못해 무지갯빛이 어리는 회를 한 점 먹어보니 입안에서 감칠맛이 돈다. 모두들 들떠 있는 틈에 회를 먹다 말고 나는 고개를 돌렸다. 이층 식당은 사방이 유리로 되어 있어 창밖으로 바다가 시원하게 보였다.

섬으로 둘러싸여 있는 바다는 파도 한 점 없이 잔잔하기만 하다. 선창가 위로 갈매기가 날아다니는 모습이 한적해 보이고, 청산도로 향하는 철부선 한 척이 갑판 가득 자동차를 싣고 이제 막 출발하고 있었다.

하늘, 바다, 산 모두가 푸르다고 해서 붙여진 이름이 청산도라는데 요즘 슬로우시티로 뜨는 섬이다. 언젠가 민이 말했다.

"바쁘게 돌아가는 세상에 느림의 미학이라, 맘에 든다. 들어가서 좋으면 살아버리지 뭐. 마음 하나만 있으면 어디서든지 살 수 있는 거 아니냐?"

그는 늘 자신이 내게 보여준 사랑이 특별하다고 생각하는 사람이다.

"생각이 많으면 머리 아파. 도대체 회는 먹지 않고 무슨 생각을 그렇게 하고 있어. 이런 데 나오면 혼자 고독해 하지 말고 좀 재미있게 놀고 그래."

가까이 지내는 선배 선생님이 나를 향해 재미있게, 란 말에 악센트를 주었다. 나는 그때야 직원들의 이야기에 귀를 기울였다. 나이가 지긋한 선생님 한 분이 완도 청해진을 중심으로 동아시아 국제 무역을 주도한 무역왕 장보고 이야기에 열을 올리고 있다.

“시대를 앞서간 코스모폴리탄적이야, 대단한 인물이었어. 업적에 비해 너무 과소평가 되고 있어. 장보고가 서남 해안 지역에 끼친 영향력은 대단해.”

듣고 있던 젊은 선생이 묻는다.

“청해진을 건설한 시기가 9세기쯤 될까요?”

“그렇지, 신라 흥덕왕 때 당나라에 갔다가 신라에서 팔려온 노예들을 보고 귀국을 해서 청해진을 설치했다니 그쯤 되겠지.”

“완도 사람인가요? 요즈음엔 장보고 행사가 많던데, 동호인들 모임도 있고요.”

“정확하지는 않아도 서남 해안 쪽 사람이라는 것은 확실해. 대단한 세력을 누렸지. 끝내는 암살당했지만. 국제 무역을 주름잡던 불세출의 영웅이 신라 정치권의 갈등 속에서 희생양이 된 거겠지.”

“꿈이 컸겠지요. 그러니 그 시대에 다른 세상을 돌아보려고 했겠지요.”

주고받은 이야기가 인간의 꿈으로 이어진다. 바다를 장악했던 장보고의 꿈은 무엇이었을까. 또한 평생을 밖으로만 떠돌았던 내 아버지는 어떤 꿈을 꾸었을까. 아버지를 생각하자 가슴이 화끈거린다. 새삼스러운 일이 아닌데도 매번 답답하기만 하다.

“역시 자연산이라 맛있네요. 싱싱한 회나 오늘 실컷 먹읍시다.”

여기저기서 큰소리가 나오는 바람에 이야기가 중단되었다. 친목계 선생이 회를 더 시키겠다고 자리에서 일어섰다. 나는 밖으로 나가고 싶은 마음에 같이 가겠다는 핑계를 대며 따라 일어섰다. 마침 핸드폰이 울린다. 발신자 번호가 나타났다. 전화를 받지 않으면 고모는 걱정을 할 것이다.

"니 아버지를 보았다는 사람이 있어."

"아버지를, 어디서요?"

"서해안으로 여행을 다녀온 내 친구들이 그러더라. 거기 구시포 해수 찜질방에서 잠을 자고 있는 사람이 아버지 같더라고."

"말도 안 돼. 미국에 있는 사람을."

"느이 아버지 말도 안 되는 일 하고 다닌 것이 한두 번이냐? 하긴 진짜 말도 안 된다. 비슷한 사람을 보았을까? 어째 요즘 전화도 자주 안 오고."

"걱정 마세요, 한국에 나오셨으면 맨 먼저 고모에게 연락하겠지요."

고모는 미심쩍다는 여운을 남기고 전화를 끊었다. 나는 고모에게 차마 아버지가 어디론가 가버렸다는 말을 하지 않았다. 어쩐지 아버지가 원지 않을 깃 같았다.

또 하나의 시름이 내 안을 휘감고 들어온다.

아버지가 오랜 세월 중동의 건설 현장에서 보내고 집으로 돌아왔을 때 어머니는 집을 나가고 없었다. 나를 맡아서 보살펴 주던 사람은 외할머니였다. 외할머니는 어머니를 대신해 내 곁에 있었다. 어머니가 없으니 아버지는 집을 떠나지 않았다. 가까운 건설 현장에서 일을 하며 외할머니와 나를 챙겨주었다.

쉬는 날이면 아버지는 나를 데리고 곧잘 길을 나섰다. 평범하게 여행을 다닌 것 같았지만 사실은 집을 나간 어머니를 찾아 헤맸다. 광주에서 목포로 강진으로 해남으로 돌아다녔다.

목포의 어느 식당에서 어머니를 보았다고 전해준 사람은 어머니의 고등학교 동창이었다. 또 다른 어머니 친구는 백련사 앞에 있는 민박집에서 어머니를 보았다고 했다. 갈대밭이 우거진 강진만을 지나 만덕산을 끼고 있는 백련사는 동백나무 숲이 울창한 곳이다. 그곳 아랫마을에서 가게를 보며 민박집을 하고 있더란다. 그런 소문을 들을 때마다 아버지는 어머니를 찾아 나섰다. 언젠가는 어머니와 가깝게 지낸 친척 아주머니가 이런 말을 한 적도 있었다.

"수연이 엄마는 아마 한국 땅에 없을 거야. 뉴질랜드인가 누이 아일랜드라던가 거기를 가고 싶다고 했어. 혹시 그곳에 가지 않았을까."

그 말을 듣고 나서 아버지는 금방이라도 찾아갈 것처럼 준비를 했다.

"미친놈, 같이 살기 싫어 밖으로 나돌 때는 언제고 집 나간 여편네 찾고 다니는 심보는 또 뭣이여."

미친놈이 따로 없다며 고래고래 소리 지르며 화를 내는 고모가 아니었으면 아버지는 어디든지 갔을 것이다. 하지만 어머니를 찾겠다는 아버지의 행동이 내 눈에는 치기로 보였다. 아니면 아버지가 굳이 집 나간 어머니를 찾겠다는 이유는 무엇이었을까. 지구 끝까지 가서라도 어머니를 찾아 복수를 하겠다는 일념도 아니고, 딸에게 엄마를 찾아주기 위함도 아니었던 것 같다. 두 사람 사이에는 그렇게 밖에는 달리 해결 방법이 없었던 것 같다.

어머니가 없어도 아쉬움은 없었다. 아버지는 몸이 아픈 외할머니를 대신해 집안일을 해 나갔다. 대학입시공부를 하는 내게 아침마다 색다른 반찬을 만들어 도시락을 싸주었고, 회사일이 아무리 바빠도 나와 약속한 일은 꼭 지켰다.

모성애보다 부성애가 더 강한 종족들은 세상에 많이 있다. 제주 앞바다에 살고 있다는 도화돔은 암컷이 알을 낳으면 수컷이 자기 입속에 그 알을 넣어 보호하며 기른다. 어머니가 집을 나가니 아버지는 마치 그 도화돔 같았다. 아니, 아버지의 몸속에는 그 도화돔 같은 유전자가 살고 있었는지 모른다.

"김 선생! 뭘 그렇게 멍하게 서 있어. 회 썰어주면 가지고 올라와요."

화장실을 다녀오는지 두 손에 물이 잔뜩 묻어 있는 친목계 선생의 부름에 나는 깜짝 놀랐다. 아버지를 봤다니, 말도 안 되는 소리를 하는 것이라며 일축을 하기는 했어도 가슴이 두근거린다. 기분을 바꿔야겠다는 심정으로 주변을 둘러보며 바쁘게 회를 썰고 있는 여자를 쳐다봤다.

아무리 쳐다봐도 낯설지 않은 얼굴이다. 관광객들을 호객하는 사람들 틈에서 아무 소리 없이 주문 받은 생선회만 썰고 있는 여자의 얼굴과 손놀림을 번갈아 쳐다보며 하는 모습을 지켜보았다.

여자는 광어를 한 마리 잡아 머리 부분을 칼로 찌른 뒤 배를 갈라 내장을 끄집어내고 물로 깨끗이 씻었다. 길고 번쩍이는 칼로 생선의 뼈를 가운데로 두고 반으로 포를 뜨더니 깨끗한 천으로 생선을 닦았다. 손놀림이 빨랐다. 한입에 먹을 수 있도록 얇게 썰어 접시에 회를 가득 담은 여자가 고개를 들며 나를 보고 웃는다. 외사촌 정희 언니다.

"언니, 정희 언니! 언니 여기 살았어?"

"그래, 여기 들어온 지 한 십 년 되었다. 나는 아까부터 널 알아봤어."

둘이서 손을 마주 잡고 어쩔 줄 몰라 하며 쩔쩔매는 모습을 옆에서 지켜보고 있던 여자들이 호기심 가득 찬 눈으로 쳐다본다.

"먼저 아는 척하지. 잠깐 나 이거 갖다 주고 올게, 기다려."

나는 정희 언니가 들려준 회 접시를 들고 이층으로 올라갔다. 오후 3시가 넘은 때늦은 점심인 만큼 직원들의 얼굴은 불콰해져 오후 스케줄은 어찌해도 좋을 듯 맘 놓고 앉아 있었다. 계획대로라면 점심을 먹은 뒤 해신 촬영지를 들렀다 정도리로 향해야 했다. 나는 회를 전해준 뒤 선창으로 나왔다. 정희 언니는 비닐로 된 앞치마를 입은 채로 밖으로 나와 기다리고 있었다.

제주도를 오고가는 여객선 훼리호가 출항을 위해서 손님들을 태우고 있었다.

"요즘 주말과 평일을 가릴 것 없이 손님이 많아. 제주도 가는 관광객도 많고, 청산도 가는 사람도 많아졌다. 그나저나 어쩐 일이냐?"

"학교에서 직원 여행 왔어."

"직원 여행 왔구나, 하여튼 반갑다. 나는 이모부 소식 듣고 온 줄 알았다."

"우리 아버지 소식이라니, 언니가 알아?"

"지난 3월에 여기 오셨어. 어찌 알고 나를 찾아왔더라. 아마 이모 소식 듣고 싶어 왔을 것이여. 나는 니 엄마 소식 모르지. 우리 엄마 살았을 때도 나는 잘 몰랐는디. 여기 신지도에서 좀 쉬겠다고 이장 집에 방 얻었어. 얼마 전에 이 근처 섬을 구경한다고 나가셨는디 어째 소식이 없다. 걱정 마라, 여기 어디 돌아다니고 있겠지. 니 아버지는 니가 더 잘 알제. 그 이야기는 이따 하자. 나가 지금은 바쁘니 저녁에 만나자. 나가 정도리로 갈게, 핸드폰 번호 가르쳐 줄래?"

해가 지고 있다. 바다를 껴안고 넘어가는 노을은 마치 하늘을 송두리째 색칠한 것처럼 붉게 물들어 가고 있다.

일행은 차를 타고 정도리로 향했다. 보름달이 뜨는 날을 골라 일부러 여행 날을 잡은 것도 달빛에 비치는 구계등을 보자는 생각이었는데, 이제 그쯤은 아무래도 좋다. 정희 언니를 만난 뒤 내 정신은 이미 아버지에게로 돌아가 있다.

정도리 구계등에는 우리 직원들 외에는 사람들의 모습이 보이지 않았다. 5월이지만 밤과 낮의 기온차가 심해 밤이 되자 바다에는 바람이 거세게 불어왔다. 우리는 바다가 훤히 보이는 여관 이층으로 방을 잡았다. 주인 남자는 다른 곳에서 저녁까지 먹고 술들이 거나하게 취해 여관에 든 관광객들을 싫어하는 기색 없이 맞았다. 그는 식당도 있고 노래방 시설도 되어 있으니 필요하면 말하라고 은근히 흥까지 돋우어 준다. 직원들은 아래층 홀로 내려와서 술과 안주를 시키고 노래를 부르기 시작했다. 노랫소리가 하늘과 땅을 향해 울려 퍼졌다. 그런데 그 속에 어울리지 못하고 나만 왜 이렇듯 서 있는 것일까. 이 천지간에 내가 발붙일 곳이 없다는 생각이 자꾸만 들었다.

내가 구계등에 끌린 것은 무슨 연유였을까. 막연한 끌림으로 길을 찾아왔다는 것은 정신의 공허함을 의미하지만, 시공간을 초월한 끌림은 또 다른 인연을 찾아냈다. 어찌 되었든 오늘 나는 정희 언니를 만났고 아버지 소식을 들은 것이다.

"왜 그렇게 전화를 안 받냐. 여기 정도리 관리 사무실이구만."

핸드폰이 안 돼 여관으로 전화를 했다는 정희 언니의 가라앉은 목소리를 들으며 나는 아차! 하는 생각에 핸드폰을 열어 보았다.

고모 전화를 받고 나서 꺼두었던 핸드폰을 깜박 잊고 있었다. 통화 표시 단추를 다시 누르자 파란색의 액정화면이 뜨며 기다렸다는 듯이 문자 메시지가 들어왔다. 민이다.

　—당신은 내 희망의 공간이다. 기다리게 하지 마라.

　조금만 기다리자는 말로 십 년 넘게 이어진 관계다. 모든 걸 정리하고 얼마든지 떠날 수도 갈 수도 있었다. 이도 저도 아니다. 나 자신 외에는 아무도 믿지 않고 살아온 결과이다. 여자가 선생이 되는 것을 최고의 성공으로 알았던 아버지 덕분에 교대를 가서 선생이 되었지만, 그러기까지는 숨을 죽이고 살아야 했다.

　대학을 졸업하고 발령을 받아 아버지에게서 독립된 생활을 시작하면서 내 삶도 조금씩 변화하기 시작했다. 말없이 학교와 집만 오가던 내게도 자유가 주어졌고, 주어진 자유를 주체하지 못해 방황을 했었다. 그 시절에 만난 사람이 민이었다.

　구계등의 하늘로 떠오른 달빛이 자갈밭을 비쳐주고 있다. 청환석이라는 돌은 어둠 속에서 더 시꺼멓게 보여 푸른색인지 검정색인지 분간할 수 없었다. 가슴 한쪽으로 푸른색의 돌멩이들이 날아드는 것 같은 아픔을 느끼며, 파도가 밀려와 자갈밭을 때리는 해변을 정희 언니와 나는 걸었다. 곱게 비친 은파가 우리들을 따라온다.

　"완도는 볼거리가 많은데 성도리를 찾은 이유가 뭐냐?"

　"응, 내가 가자고 했어. 푸른 돌이 보고 싶어서. 푸른 돌이 깔린 바다는 무슨 색일까 보고 싶더라고."

"그래, 니 답다. 넌 화가잖아. 그런데 이곳에 오니 생각나는 곳 없냐?"

"작금이와 비슷해."

"그렇지, 동글동글한 갯돌이 많은 게 그곳과 같지. 나도 처음에 이곳에 와보고 깜짝 놀랐어. 나가 집에서 가출을 해서 갈 곳이 없을 때 작금이에 있는 니한테로 갔지야. 이모부가 글더라. 부모가 반대한 남자 따라와서 이렇게 살고 있는 게 행복하냐고."

"그래, 언니는 뭐라고 했어."

"모르겠다고 했지. 하지만 후회는 안 한다고 했어."

행복. 아버지는 그랬다. 행복이라는 말이 나오면 자신의 행복은 누이아일랜드에 두고 왔다고 했다. 내가 그곳이 정확하게 어디냐고 물었더니 그냥 그런 섬이 있어 하며 히죽 웃었다.

"군대를 다녀와 결혼을 했지만 한 번 어긋난 길은 되돌아 갈 수 없었지. 그때는 잘 먹고 잘 사는 일이 최대의 꿈이었다. 건설 현장을 돌아다니며 일을 했지만 생활이 나아지지 않았어. 마침 원양어선이 붐이 일어났어. 너를 낳고 나서 나는 처음으로 희망이라는 단어를 생각했다. 어렵게 취득한 이등항해사 자격을 가지고 외항선을 탔다. 웨스트사모아 기지에서 조업을 했는데, 남태평양 작은 섬이 있는 바다에서 좌초되어 버렸어. 3년 계약을 하고 조업을 하던 배가 6개월 만에 사고를 당했어. 일주일 만에 근처를 지나던 영국 배에 의해 구조가 되었다. 한국으로 다시 돌아가야 했어. 모두 억세게도 운이 없다고 한탄을 했지만 사실 돌아간다는 것에 마음이 놓이기도 했지. 기다리는 동안 근처 섬으로 상륙했는데 그 섬 이름이 누이아일랜드였다.”

“어디쯤 있어요?”

“지도에서 보면 뉴질랜드 위쪽에 있는 섬으로, 생업은 주로 어업이었고 영국 보호령이기 때문에 영국의 지원 물자로 생활을 하고 있었지. 인구는 이천여 명 정도. 섬사람들은 낙천적이고 순박했어. 있으면 쓰고 없으면 쓰지 않는 곳. 춤과 노래를 즐기는 사람들이었어. 그들은 내일을 걱정하지 않고 오늘 먹을 만큼만 일했다. 그 속에서 한 달을 지내는데 나는 정말 나를 묶고 있던 구속으로부터 벗어날 수가 있었어. 문명의 빈자리에 행복이 가득했지.”

“마음에 든 여자라도 만났어요?”

“물론 만났지. 그러나 그들은 우리들이 제자리로 돌아가는 걸 당연하게 생각하고 붙잡지 않았어.”

아버지는 그때를 회상하는지 눈을 감았다.

“바다는 늘 무지갯빛이었어. 바닷물에 몸을 담그고 나무들이 숨 쉬는 숲 속을 거닐면 노래를 부르지 않아도 저들끼리 모여 노래가 되는 곳. 그곳은 지상 낙원이었다. 어쩔 수 없이 돌아와야 했지만 알고 있었다. 내가 사는 현실은 냉정했기에 다시는 그런 삶이 없으리라는 걸. 다만 마음속 군데군데 그 별들을 박아놓고 평생을 그리워하며 살아야 했다.”

“아버지의 그 그리움이 평생을 따라다녀 어머니에게서 멀어지고 아버지까지 떠돌게 한 것 아닌지 모르겠네요.”

“아니, 결코 일탈이 아니야. 자유롭고 싶었지.”

생각하면 그대로 이루어진다는 속설이 있다. 평생 동안 가족들의 곁을 떠나 오랜 세월 돌아다닌 아버지는 무엇을 얻고자 했을까? 끝이 보이지 않는 막연한 그리움이었다.

소리하는 사람들이 몰려와 목소리를 다듬기 위해 겨우내 머물렀다는 구계 가든 앞으로 오자 조촐하게 보이는 식당이 불을 밝혀 놓고 있었다. 추위를 느낀 정희 언니와 나는 그곳으로 들어갔다. 환하게 켜져 있는 불빛이 따뜻하게 느껴진다. 마주 보고 앉아 그제야 우리는 서로를 쳐다보았다.

“참 빠르지야, 이곳에 온 지 벌써 십 년이 지났으니.”

“나도 언니를 이렇게 만날 줄은 몰랐어. 그때 참 미안해, 그렇게 보내는 게 아니었는데. 나는 언니가 그렇게 갈 줄도 모르고 용돈도 안 주고 보냈으니.”

“미안하긴. 우리는 사촌이었지만 가깝고도 먼 사이였어. 아마 이해를 못했을 거다. 우리 엄마는 이모 닮았다고 나를 구박했고, 니도 나를 무시했지. 쬐끔 서운했지만 그 사람 따라와서 이렇게 와서 잘 산다.”

나는 정희 언니의 얼굴을 똑똑히 다시 한 번 쳐다보았다. 맑고 고운 심성을 가졌던 언니는 처녀적의 모습을 그대로 지닌 채 곱게 살아가고 있었다. 해풍을 쐬면서 산 사람답게 피부가 검고 살이 쪘으며, 말 속에 사투리가 섞여 나와 나이보다 더 들어 보였지만 단정했던 모습도 그대로이다.

바람 소리에 출입문이 흔들린다. 파도가 청환석을 때리는 소리에 나는 또 다시 작금이를 생각했다. 내 나이 스물세 살. 내가 첫 발령을 받고 부임했던 학교. 처음 들어가면서부터 나는 늘 도시로 나가지 못해 안달이 난 상태였다.

나는 방학만 기다렸다. 방학을 하면 여행을 다녔다. 그동안 억눌려 살았던 자유로움에 대한 갈망이 나를 억제하지 못했다. 선천적으로 타고난 방랑벽이나 사람에 대한 믿음을 갖지 못하고 사는 것도 또 하나의 병이었다. 아버지 역시 혼자 지내는 걸 더 좋아했기에 나를 기다리지 않았다. 산과 바다로 돌아다니다 싫증이 나면 화려한 불빛을 찾아 도시로 스며들었다. 밤새도록 네온사인이 반짝이는 술집에서 민을 따라다니며 술도 마셨다. 그리고 술이 취하면 어머니를 욕하고 아버지를 원망했다. 먹구름 속에 갇혀 있던 새 한 마리가 밝고 환한 빛을 찾아 자유롭게 하늘을 날아가는 것처럼 마음 내키는 대로 살았다. 고민하고 방황하는 것이 젊음의 특권인 것처럼 나는 행동했다. 나도 모르는 내 방황의 의미를 찾겠다고 실컷 쏘다니다 방학이 끝나면 태연하게 학교로 돌아왔다.

일 년을 섬에서 살고 나는 학교를 옮겼다. 그 어둠 속과 자갈밭을 때리는 파도 소리를 피해 서둘러서 육지로 나왔다. 하지만 밤만 되면 쏴아, 쏴아 자갈을 때리는 파도 소리가 들려 잠을 못 자고 시달려야 했다. 아무리 잊으려 노력을 해도 어둠에 대한 나쁜 기억은 나를 언제나 따라다녔다.

잠결에도 파도치는 소리에 파묻혀 버린 듯 사람들의 목소리가 희미하게 들려왔다. 직원들 중 부지런한 몇 사람이 사람들을 깨우고 다닌다.

새벽바람이 춥지 않아 나는 밖으로 나왔다. 온통 돌밭이니 제 몸을 밀고 들어올 때마다 힘에 부쳐 사그라질 때도 되었거늘 파도 소리는 지칠 줄을 모른다. 바람과 새들의 울음소리와 돌들이 부딪치는 소리를 나는 듣고 있었다.

어젯밤, 꿈꾸는 듯한 얼굴로 정희 언니는 지난날의 기억 속에 빠져 있다가 10시쯤 택시를 불러 타고 완도 읍으로 돌아갔다.

"완도에서 신지도로 들어가는 뱃길에 다리를 놨어야. 인자는 차가 다니니 오고가는 게 자유스럽다. 내일 아침 우리 집에서 밥이나 먹고 나랑 같이 신지도를 가보자. 이모부가 이장 집에서 살았으니 가서 물어보면 어디로 갔는지 알 것이다."

"일행들이 있으니 밥은 여기서 먹고 갈게. 신지도나 같이 가보세."

오랜 세월 가슴속에 묻어두고 살았던 정희 언니가 갑작스럽게 내 앞에 나타나 환상과 현실을 구분할 수 없는 혼돈 속으로 나를 빠뜨린 채 집으로 돌아갔다.

아침 바다는 서서히 안개가 걷히면서 햇살을 받아 은빛으로 반짝이고 있었다. 나는 갑자기 어젯밤에 나를 따라다녔던 은파가 생각났다. 은파를 다시 얻을 수만 있다면 어둠 속에서 빠져나와 나비가 되어 민을 향해 날아갈 수도 있을 것 같다.

아침을 먹고 직원들은 등산을 하기 위해 수목원으로 갔고, 나는 정희 언니를 만나기 위해 어시장으로 갔다. 어제처럼, 모든 것이 살아 움직이고 있는 시장 안에서, 파닥거리는 생선을 어망에서 끄집어내 물통에 넣고 있는 정희 언니 부부를 보았다. 얼굴 가득 웃음을 머금고 마주보며 일을 하고 있는 그들은 세상에서 가장 행복한 웃음을 짓고 있었다.

나는 헛된 세계만 꿈꾸었나 보다. 지칠 줄 모르는 아버지의 방랑벽. 어머니의 화냥기에 질려 어둠 속을 벗어나지 못하고 허둥거리고 있을 때, 정희 언니는 사랑하는 사람을 따라 이렇게 행복한 모습으로 살고 있었다.

문득 민이 보고 싶다. 그를 사랑한다고 하면서도 쉽게 다가서지 못한 것은 두려움 때문이다. 눈에 보이지 않는 부분까지 확인하려고 했던 내 오만이다. 아버지를 만나면 민의 이야기부터 하리라.

신지도는 하얀 모래가 끝도 없이 깔려 있는 명사십리 해수욕장으로 유명한 곳이다. 계절에 상관없이 관광객이 많아 외지 사람들이 들어와 살아도 별로 이상하게 생각하지 않는다고 한다.

이장 집은 마을 초입 길에 있었다. 작은 상점들이 즐비하게 늘어서 있고, 술집이며 민박집 간판들이 많이 눈에 띈다.

아버지의 흔적을 찾고자 정희 언니와 같이 방 안을 살폈다. 6개월분의 방세를 선불로 받았다는 이장은 아버지가 어디 여행이라도 갔을 거라며 걱정하지 말라고 나를 위로한다. 방 안은 아버지의 성격대로 간결하게 정리되어 있다. 금방이라도 돌아올 것처럼 입던 옷들이 그대로 옷걸이에 걸려 있다. 나는 벽장문을 열었다. 여행 가방이며 서적이며 가요 CD가 보인다.

"김 사장님은 새 출발을 위해 미국으로 건너갔지만 그곳은 자신이 살 곳이 못 된다고 했습니다. 이곳에서 일을 시작하겠다고 했으니 자리 잡고 나면 가족에게도 연락하실 겁니다. 저한테는 간혹 연락이 오네요."

"몸은 건강하시던가요."

"예, 아프신 곳은 없었어요. 평생 동안을 딸에게 미안하다고, 하실 일을 준비해 놓고 연락하신다고 했습니다. 그런데 누이아일랜드가 어디에요? 김 사장님은 그곳을 한번 다녀오고 싶다고 했어요."

"정말 수연아! 누이아일랜드가 어디냐? 나도 들은 적 있다."

정희 언니는 궁금한 눈빛을 감추지 못했다.

"나도 제발 그곳에 가고 싶어."

스스로 마음 다스리는 법을 익히지 못한 나는 이장과 정희 언니 앞에서 불편한 모습을 감추지 못하고 소리쳤다.

돌아오는 길이 끝이 없다. 바다를 끼고 있는 경치가 사람의 마음을 사로잡는다. 그토록 그리워했던 바다가 옆에 있어서인지 더할 나위 없이 좋을 뿐이다. 푸른빛의 감미로움에 파묻힐 수 있어 좋고, 가깝고 먼 데서 불어오는 바닷바람에 몸을 맡길 수 있어 좋다. 아버지도 이 냄새를 맡으며 근처 어디를 돌아다녔을 것이다.

구시포에서 아버지를 보았다는 사람들에게 전화를 했더니 그들이 말했다.

"우리를 모른 척하던데. 아니 몰라보더라고. 그런데 왜 느이 아버지는 언제 미국에 갔다가 또 돌아왔어?"

나에게 한결같이 그 이유를 물었다. 그 말을 듣는 순간 또 다른 거리감이 엄습해왔다. 야반도주를 하듯 어디론가 떠나고 돌아오고, 또 떠나고. 그런 아버지를 생각하니 갑자기 숨이 막힐 것 같은 답답함이 가슴을 밀고 올라온다. 가만히 기다려야만 되는지, 찾아나서야 되는지. 그때마다 아버지의 그 희망이라는 것이 눈물겹다. 나는 아버지가 나서는 길을 스스로의 고행이라고 생각한다. 자신의 생을 강렬하게 살아가고자 노력했던 아버지다. 아마 허투루 생각하지 않고 조심조심 앞으로 나아갈 것이다.

차가 완도를 벗어날 때까지 직원들은 아무 말도 하지 않았다. 누군가 답답하다며 소리를 지르자 키 큰 선생이 일어나 버스 천장 환기통을 열었다. 바다에서 불어오는 미풍이 얼굴을 휘감았다. 작은 휴게소가 눈에 띈다. 친목계 선생이 무얼 좀 먹고 가자며 차를 멈추게 했다. 사람들 얼굴에 갑자기 생기가 돈다. 어딜 가나 저 똑같은 가게들. 기사식당. 커피자판기. 그리고 특산물 판매장.

관광객을 태운 버스가 한 무더기의 사람들을 내려놓는다. 사람들이 걸어온다. 아버지를 닮은 사람도 걸어온다. 다시 한 번 쳐다보니 그 사람이 아버지인 것 같기도 하고 아닌 것도 같다. 아니, 내 눈길을 끌었던 사람은 아버지를 닮은 남자가 아니라 옆에 같이 걸어오는 여자였다. 한눈에 보아도 비슷했다. 중년이 넘었음에도 펑퍼짐하지 않고 젊었을 적의 가냘픈 몸매를 그대로 간직하고 있는 것 같은 여자. 소의 눈을 닮아 순하디순한 눈을 가진 여자는 이마를 찌푸리면서 걸었다. 숱 많은 까만 머리를 하나로 묶어 머리에 올린 모습이며, 핸드백을 어깨에 메지 않고 가슴에 안고 가는 모양도 지금의 내 모습과 너무 닮았다. 이십여 년 전에 집을 나간 어머니의 모습도 그랬다.

나는 그들을 한참 동안 바라봤다. 가슴이 떨렸다.

꽃보다 아름다운 것이 사람이라고 했던가.

젊은 날 한 시절은 내 어머니도, 내 아버지도 꽃보다 더 아름다

웠으리라.

아버지의 누이아일랜드는 어디쯤 있는 것일까?

달팽이

털을 뽑기 위해 여자의 겨드랑이에 영양 크림을 먼저 바른다. 하고 싶은 말을 참지 못하는 여자는 일이 끝날 때까지 입을 가만두지 않을 것이다. 나는 미용기구가 들어 있는 손가방에서 탄력이 가장 강한 족집게를 골라냈다. 탈모제를 이용하면 될 텐데 여자는 아픔을 참으면서까지 꼭 털을 뽑아낸다. 언젠가 그 모습이 보기에 민망스러워 여자에게 영구적인 제모법을 써볼 것을 권했다.

"싫어, 털을 뽑아낼 때 통증에서 오는 짜릿한 기분. 아프지만 시원해."

싫다고 했다. 매끈하고 슬림한 팔과 다리를 간직하고 싶다는 여자는 팔과 다리 부분의 마사지도 원했다. 여름이 되면 슬리브리스와 미니스커트를 입고 싶다는 게 여자의 바람이다.

털을 뽑을 부위에 얼음을 갖다 댄다. 차게 한 후에 뽑으면 통증이 줄어들어 피부 손상을 막을 수 있다. 잘못하여 세균에 감염되면 다시는 털이 나지 않을 수 있기 때문에 겨드랑이 부분이나 눈썹을 뽑을 때에는 조심해야 한다. 조금 전 마사지 받은 손님은 내 손끝이 전 같지가 않다며 어디 아프냐고 물었다. 왜 갑자기 손끝에 힘이 없어졌는지 나 자신도 모르겠다.

돌아다니며 방문 판매를 하지 말고 대리점을 열어서 화장품도 팔고 피부 관리도 해보라는 여자의 권유로 피부 관리사 자격증을 땄다. 막상 영업을 시작하자 화장품을 사러 오는 사람들보다 마사지를 받기 위해 오는 사람들이 더 많아 몸이 힘든 건 마찬가지였다. 자격증이 있는 주인이 직접 상담을 해서 마사지를 해준다는 소문이 나서 그런 모양이다. 오늘은 낮 시간만 와서 도와주는 김 양도 나오지 않아 혼자서 마사지 손님들도 받고, 화장품도 팔아야 하기 때문에 정신없이 바쁘다. 더구나 여자가 오면 마음이 편치 않다. 생색을 내며 사가는 화장품 값이 만만치는 않지만, 이일 저일 집안일까지 시시콜콜 알려고 드는 여자의 지나친 관심이 나를 버겁게 한다. 여자는 마사지를 받으러 오면서까지 최고의 패션으로 차려입고 온다. 오늘은 짙은 화장에 긴 생머리를 나풀대며 발목까지 늘어진 원피스를 입고 왔다. 검정색에 장미꽃이 수놓아진 유명한 디자이너의 옷은 너무나 화려해 어니 무도회리도 가는 느낌이 든다.

여자의 피부는 한눈에 보아도 탄력이 있다. 하루도 빠지지 않고 헬스클럽에서 운동하며 사우나에 들렀다가 꼬박꼬박 마사지를 받으니 날이 갈수록 더 젊어진다. 다른 손님들은 예약을 해 놓고도 한 시간 짬을 못 내 빠질 때가 많다. 그런데 저 여자는 어디에 복이 붙어 시간을 주체하지 못하는지, 세상은 참 불공평하다. 이곳에 올 때마다 새로운 소식을 듣고 싶어 무슨 재미있는 일은 없는가, 눈을 반짝거린다.

화장을 지우고 푸른 가운으로 갈아입은 여자는 눈을 감고 오만하게 누워 있다. 나는 족집게를 뿌리 가까이까지 대고 털이 자라난 방향으로 뽑아낸다. 겨드랑이에서 털을 하나씩 뽑아낼 때마다 눈을 감은 여자가 입술을 실룩거리며 얼굴을 일그러뜨린다. 어떤 쾌감을 느끼고 있는 것일까. 몸 여기저기에서는 재스민 향이 은은하게 풍긴다. 털을 뽑아낸 자리가 발갛게 부어올라 과산화수소수로 소독을 해준다. 내가 여자에게 며칠간 샤워만 하고 목욕탕은 가지 않는 게 좋겠다고 했더니, 불쾌한 표정으로 사우나를 못하면 갑갑해서 어떡하느냐고 한다. 나는 문득 시큼한 냄새를 몸에 묻히고 쓰레기를 치우면서 하루를 보내고 있을 남편이 생각났다. 이 여자는 내가 청소부의 아내라고 말하면 아마 마사지를 받으러 오지 않을지도 모른다.

오후 5시가 지나고 있다. 남편이 일을 마치고 돌아와서 잠을 자고 있을 시각이다. 새벽에 나간 남편이 집으로 돌아오는 시각은 일정치 않다. 오전에 쓰레기를 수거하는 일이 끝나면 시청 사무실에 붙어 있는 욕실에서 샤워를 하고 퇴근을 한다. 남편은 다니던 회사에서 구조조정을 당한 뒤 3년을 놀았다. 새 직장을 구한답시고 이곳저곳 돌아다니며 세월만 보내다가 지금의 일자리를 얻게 되었다. 처음에 나는 펄쩍 뛰었다. 수많은 직업 중에 하필이면 환경미화원을 하겠다니, 그대로 두고 볼 수 없었다. 좀 더 생각해 보라고 말리자 남편은 큰소리를 쳤다.

"누구는 청소부를 하고 싶은 사람이 어디 있어, 처음부터 타고 나서 하는 것도 아니고. 남의 눈치 안 보고 내가 일한 만큼 보수 받으며 살고 싶으니 간섭 말아."

고집스럽게 내뱉은 말에 마지못해 물러나기는 했지만 마음이 편치가 않다. 종량제 봉투가 나오기 전에 온갖 쓰레기를 통에 담아 버리던 일이 떠올랐다. 차에서 쓰레기통을 비우던 청소원 아저씨가 몸에 쓰레기를 둘러쓰던 일이며, 멀리서 청소차와 분뇨차가 보이면 냄새가 싫어 피해 다녔던 일들이 생각나 두렵기까지 했다. 며칠 뒤, 남편은 시청 환경과에 신청서를 내고 면접을 하고 오더니 힘없이 말했다.

"스물여덟 명 모집하는데 응시자가 백 명이 넘더라. 운동장에서 체력시험을 보고 왔어. 행동도 빠르고 힘이 좋아야 되나 봐. 100m 달리기 시합도 하고, 30kg짜리 모래주머니를 메고 서 있었어. 1분

30초가 넘어야 합격권에 든다고 했는데 나도 하기는 했지만, 청년
들이 많이 와서 아무래도 어려울 것 같아."

남편은 환경미화원이 되는 것도 쉬운 일이 아니라며 합격을 하
리라고 기대하지 않았다. 그는 취직을 해서 먹고살기는 힘든 세상
이니 어디 가서 노점상이라도 해야 되겠다고 매일같이 푸념을 했
다. 그러다가 막상 합격했다는 연락이 오자 며칠동안 고심을 하더
니 채용에 필요한 구비서류 일곱 가지를 챙겼다. 일주일 후 남편
은 동 수거 종사원으로 발령을 받아 출근을 하기 시작했다.

환경미화원 정년이 58세이지만 청소 능력이 있을 때는 2년을 더
연장할 수 있다니 60세까지는 직업 걱정을 하지 않아도 될 판이
다.

여자의 몸에서 나던 향내는 이제 진한 소독 냄새 속에 파묻혀 본
래의 향을 잃어버린다. 마치 남편의 몸에 배어 났던 시큼하고 구
린 냄새처럼 현기증이 난다.

남편이 처음 환경미화원 일을 시작했을 때 나는 하루에 한 벌씩
가져오는 작업복 때문에 고민이었다. 아무리 쓰레기봉투가 생겨
서 분리수거를 잘한다 해도 썩은 냄새가 옷에 깊숙이 배어 있었다.
처음 며칠간은 가져온 작업복을 냄새가 심해 도저히 세탁기에 넣
지 못하고 다용도실에 그대로 두고 말았다. 그러다가 작업복을 빨
기 위해 옷을 펼치는 순간 "욱" 하고 말았다. 습기가 배 축축한 옷
에 기다란 민달팽이들이 숨어 있었다. 온몸을 껍데기 속에 집어넣

고 있는 달팽이와는 달리 민달팽이는 보기에도 징그러웠다. 옷을 세탁기에 넣기 위해 달팽이를 떼어 내려고 손으로 만졌더니, 물컹하니 도저히 집을 수가 없었다. 옷에 꼭 붙어 있어 털어도 잘 떨어지지 않는다. 그래도 떼어 내려 했지만 미끈한 감촉이 손끝에 닿아 비위가 상했다. 나는 그것들을 하나씩 떼어 내면서 달팽이를 몸에 붙이고 하루를 보냈을 남편을 생각하자 불안해지기 시작했다. 그의 몸속까지 그놈들이 스며들어 있을 것만 같았다. 남편의 작업복은 빨아도 냄새가 가시지 않아 비앙카 향 냄새가 나는 섬유 유연제에 담갔더니 오히려 더 시큼한 냄새가 났다.

어느 날, 계속 달팽이를 묻혀 오는 남편에게 아무리 작업복이라도 좀 깨끗이 입어 보라고 했더니 그는 이렇게 답했다.

"달팽이가 있으면 어떠냐. 민달팽이? 그거 깨끗한 거야. 투명하게 비친 살이 얼마나 깨끗한 줄 알아? 당신 그거 큰 병이다. 결벽증이 심한 것은 알지만 왜 그렇게 안달이냐. 냄새 좀 나면 어때. 나는 뭐 쉽게 적응한 줄 알아? 한 달이 넘도록 쓰레기를 치울 때마다 구역질을 했어. 당신, 나 청소원 된 뒤로 옆에도 오기 싫어하며 피한다는 것 다 알고 있어. 일하고 오면 속옷부터 벗겨내고, 아침저녁 목욕하라고 성화나 해대고, 아예 민달팽이 같이 껍질을 벗겨버려라. 밖에서 하루 종일 남의 얼굴이나 벗겨내더니 집에 오면 식구들 껍질까지 벗기려고 환장한 여자 같아."

고래고래 소리를 질렀다. 하지만 나는 그가 가지고 오는 냄새와 달팽이에 쉽게 적응하지 못했다. 집안 문을 열고 들어가면 남편이 묻혀온 쓰레기 냄새가 온 집 안을 장악하고 있는 것 같아 견딜 수가 없었다. 세탁기가 놓여 있는 다용도실에는 남편이 몸에 달고 온 달팽이들이 스멀스멀 기어 다니며 바닥과 벽에 그리고 천장까지 마치 야광펜으로 줄을 그어 놓은 것처럼 점액질을 토해내며 기어 다녔다.

여자의 팔과 다리는 여유 있는 자들이 그러하듯 참으로 매끄럽고 윤기가 흐른다. 면도기를 이용해서 팔과 다리에 제모를 할 때에는 비누 거품을 충분히 바른 뒤 털이 자라난 방향으로 밀어준다. 면도를 해도 털이 자라면 또 반복해야 하기 때문에 피부와의 마찰을 줄여주는 것이 좋다. 여자는 부드러운 비누 거품에 눈을 감는다. 여자의 머리카락, 눈썹, 속눈썹, 겨드랑이 털을 비롯하여 생식기 주변에서 나는 털까지 합해보면, 몸에 있는 체모의 양은 얼마나 될까? 따뜻한 스팀 타월로 팔과 다리를 찜질하자 눈을 감은 여자는 잠이 든다.

나는 손을 펴고 손끝을 살펴본다. 한시도 물기 마를 날 없이 언제나 촉촉하게 젖어 있는 손끝은 껍질이 벗겨져 간다. 이러다가 언젠가는 손가락 끝이 점점 닳아 얇아져서 지문조차 남지 않을 것 같다는 생각이 든다. 손이 거칠어지면 손님들이 마사지를 받을 때 부드럽지 않다고 싫어한다. 그래서 나는 시간만 있으면 내 몸 어느 부분보다도 손을 먼저 다듬는다.

잠이 든 여자를 깨우지 않기 위해 새로 나온 고주파 마사지 기계는 뒤로 미루고, 에센스와 수분크림을 이용해서 얼굴 마사지를 시작한다. 왜 그렇게 손이 뻣뻣해, 얼굴이 무겁네. 각질을 벗기는 것도 아닌데 아프게 하지 마. 손놀림이 좀 강했는지 여자는 눈을 감은 채 잠에서 깨어 짜증을 부린다. 나는 얼굴에 크림을 닦아내고 기미에 좋은 율무가루를 꿀에 재어 얼굴에 발라준다. 20분쯤 후에 떼어내고 냉장고에 넣어둔 오이를 시원하게 붙여 줄 생각이다. 여자는 늘 자연식품으로 팩을 해 주기를 원한다.

여자가 눈을 감고 있는 동안 나는 그녀의 얼굴을 관찰한다. 눈을 감은 여자는 생동감이 없다. 각이 져 있는 턱 때문에 석고상 같다. 나는 석고상 같이 딱딱한 여자의 얼굴을 보면서 손등과 팔에 마사지를 시작한다. 어깨로 다리로 물결이 퍼진다. 나비의 날갯짓 같은 움직임이 오간다. 그림에 몰두한 화공같이 손을 돌리며 여자의 팔과 다리에 그림을 그려 나간다.

봄날. 피어오른 아지랑이 속으로 나비들이 훨훨 날아가고 있었나. 노랑나비, 풀 흰나비, 나는 할머니를 잡았던 손을 놓고 나비들을 따라갔다.

길은 한쪽으로만 이어져 있다. 일찍 피기 시작한 봄꽃들이 바람에 흔들리고 있다. 겨우내 얼어 있던 밭들은 거북이의 등처럼 군데군데 터지고 갈라져 금이 그어졌고, 이제 막 돋아나기 시작한 새

싹들로 풀밭은 꾸며져 있었다. 찬바람이 코끝을 스쳐도 아지랑이가 눈앞에 아른거리며 나를 불렀다. 길가에 피어 있는 풀꽃 위로 나비 한 마리가 살며시 앉았다. 나는 팔랑거리는 노란빛 날개에 온몸의 신경을 모아 살금살금 발을 떼며 앞으로 나아갔다. 손으로 나비를 잡고, 다른 한 손으로는 아지랑이를 잡았다. 순간 한쪽 발을 들어야 하는 내 의지와 상관없이 누군가 저 깊은 수렁 속에서 두 발을 끌어내렸다. 내 몸은 한없이 풀밭 속으로 빨려 들어갔다.

할머니이……. 소리를 내어 보지만 밖으로 나오지 않았다. 어린 마음에도 수렁에 빠지지 않으려고 길 한쪽을 잡고 허둥댔다. 나는 오물을 뒤집어쓰고 있었다. 입까지 들어오는 똥 덩어리들. 길 한쪽 논밭이 있는 빈터에 겨우내 퍼다 부어 놓은 분뇨가 얼었다가 이제 막 풀리기 시작한 자리였다. 분명히 풀밭이었는데, 아무 냄새도 맡을 수 없었고, 나비들도 날아다녔는데. 사람들이 뛰어왔다. 아이가 똥통에 빠졌어요. 나는 입으로 할머니를 불러보지만 소리가 되어 나오지 않았다.

여자의 얼굴에 오이를 붙여주기 위해 냉장고 문을 열었다. 쉽게 상하는 마사지 제품은 낮은 온도에서 보관하기 때문에 냉장고 안은 과일이나 곡류를 비롯하여 물수건까지 온갖 잡동사니로 가득하다. 그러나 정작 필요한 오이는 하나도 없었다. 이층에 있는 살림집에서 가지고 와야겠다고 생각하며 층계를 올라갔다.

이층으로 올라가는 출입문은 원래 바깥으로 나 있었다. 나다니기가 불편하기는 하지만 살림집과 일터와의 구별을 두기 위해 가게 안에서 올라가는 출입문을 밀폐시켰는데 시어머니 때문에 얼마 전 트고 말았다.

현관문을 열었다. 아침에 나올 때 집 안 구석구석 청소를 하고 나왔는데 거실 바닥에는 물이 엎질러져 있다. 냉장고 문은 한 뼘쯤 열려 있고, 정리를 해놓고 나왔던 싱크대 위에는 먹다 남은 반찬 그릇들이 그대로 있다. 국냄비며 한약 냄새가 풍기는 컵이 물 속에 담겨 있는 것을 보면 시어머니가 한 일이라는 걸 알면서도 괜히 화가 난다.

냉장실 야채 박스에는 오이는 보이지 않고 어제까지도 없었던 한약팩만 가득하다. 냉동실에도 얼마 전에 사다 놓은 염소 뼈가 그대로 있던데 언제 고아 먹으려고 사다 놓은 것일까. 시어머니는 유독 약에 대한 욕심이 많다. 하루라도 집 안에서 약 냄새가 나지 않은 날이 없다. 누가 몸에 좋다는 말만 하면 사다가 나른다. 며칠 전에는 신경통에 좋다며 새끼 고양이를 단지에 넣고 고아 만든 것을 약이라며 사왔다. 어떤 것들은 먹지도 않으면서 집 안 구석구석에 숨겨놓는 바람에 냄새가 나서 죽을 지경이다. 오늘 아침만 해도 방 안에 냄새가 나서 여기저기 찾아보았더니 서랍장 속에서 시꺼먼 경옥고가 썩어 가고 있었다. 아마 혈액순환에 좋다는 말을 듣고 사다 두고 몰래 먹다가 잊어버린 모양이다. 들고 나와 버리고 왔더니 얼굴이 붉어지도록 야단이다. 지난 정월 초하룻날은, 해 뜨기 전에 재채기를 세 번 하면 그 해에 죽는다고 나오는 콧물을 닦으며 아침 내내 배가 아파도 재채기를 참고 지냈던 노인이다. 일흔이 넘었지만 워낙 자신의 몸을 잘 챙기기에 건강하게 오래 살 것이라고 생각했는데, 요즘 들어 갑자기 치매기가 있는 것 같아 시어머니만 생각하면 앞일이 갑갑하다.

남편이 환경미화원으로 출근을 하던 날, 시어머니는 일터로 나가는 아들의 바짓가랑이를 잡으며 앞을 막았다. 나를 쳐다보며 내 아들을 니년이 기어코 청소부를 만들어 놨다고 소리소리 질렀다. 아들이 청소부로 일하는 것이 창피하다며 한동안은 경로당에도 나가지 않았다. 그러다가 월급도 많이 주고 의료보험 혜택이며 손자 놈 학비에 퇴직금까지 있다는 말에 슬며시 뒤로 물러났지만, 그 뒤로 엉뚱한 행동을 하기 시작했다. 집에 계시라고 당부를 해도 언제 나가는지 모르게 집을 나갔다가 해름참에 돌아오곤 했다. 경로당에도 잘 가지 않던데 하루 종일 어디를 돌아다니고 있는지 모르겠다고 남편도 걱정을 했다.

가게로 되돌아오자 여자는 깊은 잠에 빠져 있다. 얼굴에 팩을 한 채 갑갑하지도 않은지 잠이 든 여자가 신기하기만 하다. 아름다워지기 위해서는 제 살도 깎아낼 여자이지만 다른 사람에게는 관대하지 못해 조금치의 실수도 용납하지 않는다. 나는 여자의 얼굴에 묻어 있는 율무가루를 걷어내고, 시원한 비타민액을 화장솜으로 찍어 바른다. 여자는 돌아가면 샤워를 하고 다시 밤 화장을 할 것이다.

일을 끝내고 안집으로 들어가니 남편은 잠을 자지 않고 컴퓨터를 하고 있다. 컴퓨터 화면에는 '새벽을 여는 사람들'이란 큰 글자가 떠 있다.

"청소미화원들의 홈페이지야."

"바쁜 사람들이 부지런하네, 홈페이지도 만들어 운영하고. 누가 관리한대?"

"이 사람이, 사람을 뭘로 보고. 요즘 미화원들 학력이 높아진 줄 몰라? 옛날하고 달라. 고등학교는 보통이고, 젊은 사람들은 대졸에 대학원 졸업생도 있어."

말을 하면서도 눈은 여전히 화면을 쳐다보고 있다. 원래가 다정다감한 사람은 아니었지만 요즘 들어 정도가 심하다. 나는 남편이 나에게 원하는 일이 무엇인지 알고 있다. 애써 눈길을 피하고 있지만 잠을 자지 않고 있는 그를 보자 팔다리에 힘이 빠지며 머리가 아파 온다. 잘 열리지 않는 문을 열어 그를 받아들이기에는 나는 너무 메말라 있다. 나는 그에게 홈페이지의 내용이 주로 무엇이냐고 물었다.

"회원들의 친목이지. 같은 직장이지만 작업구역이 다르면 서로 얼굴도 모르잖아. 경조사 소식도 있고, 건의사항도 올리고, 일하다가 느낀 점도 쓰고 여러 가지야. 나도 시 하나 써서 올려 볼까?"

시를 좋아해 시인이 되고 싶은 적이 있었다는 남편의 말이 떠올라 나는 픽, 하고 웃음이 나왔다. 아직도 그 미련이 남아 있는 모양이다. 끝내 화면에서 고개를 돌리지 않는 남편을 보며 나는 옷을 갈아입고 주방으로 나왔다. 간혹 내가 손님들의 피부 마사지를 끝내고 밤늦게 들어오면 그는 정신없이 자고 있다. 그러나 해야 할 일이 남아 있는 나는 잠자리에 들지 못하고 그때부터 집안일을 시작했다. 식구들이 먹은 저녁 뒷설거지는 물론이고, 새벽 4시에 나가는 남편을 위해 아침을 준비하고 자야 했다.

컴퓨터를 하고 있던 남편의 웃음소리가 주방까지 들린다. 혼자 무엇을 하는데 저렇게 웃는 것일까. 또 시작이구나. 나도 모르게 신경이 곤두선다. 어질러진 주방을 치우면서 나는 그때야 저녁을 먹지 않은 것이 생각났다. 아침에 나간 어머니는 저녁참에야 들어와서 배가 고팠는지 씻지도 않고 밥부터 먹었다. 가게 문을 통해 들어서는 모습이 보여서 따라 올라왔더니, 챙겨주기도 전에 냉장고에 있는 반찬들을 접시에 덜지도 않고 통째로 끄집어 내놓고 먹고 있었다. 온 식구가 얼굴을 마주하고 밥을 먹어본 지가 언제였는지 까마득하다. 한집에 살고 있으면서도 시어머니나 남편 그리고 중학생인 아들, 나 자신까지도 모두 혼자 사는 것 같다. 자신만의 울타리를 치고 근접할 수 없는 성을 쌓으면서 살아간다는 생각이 스친다.

남편이 웃옷을 걸치고 나왔다. 거실을 닦고 있는 나를 쳐다보는 눈길이 곱지가 않다.

"또 닦기 시작이냐? 아침저녁으로 그렇게도 할 일이 없어?"

나는 걸레질을 계속하며 어디 가느냐고 물었다. 잠이 오지 않아 잠깐 나간다는 말에 냉장고 옆에 쌓아 놓은 신문 뭉치를 손으로 가리켰다.

"이거 뭐야?"

"뭔데? 이거 정보지 아니야. 내가 가져오지 않았는데."

남편이 가지고 온 것이 아니라면 이건 시어머니가 들고 왔으리라. 정보지를 펼쳐보니 종류도 다양하다. 교차로, 사랑방, 까치소리. 가가호호. 종류별로 똑같은 것이 대여섯 부씩 있었다. 아무리 생각해도 어디에 쓰려는 것인지 알 수가 없다.

남편이 켜놓은 컴퓨터의 불빛이 마루까지 흘러나온다.

화면은 해질녘의 섬진강 가. 언덕에는 억새와 코스모스가 하늘거리고, 양복을 멋지게 차려입은 남편이 서 있다. 언제적 사진인가? 기억을 더듬어 보았다. 결혼을 하고 난 다음해 가을, 남편 친구의 결혼식에 다녀오는 길에 섬진강 변을 지나다가 하동 쌍계사 근처에서 찍었던 사진이다. 붉게 노을 진 하늘에 지리산의 끝자락이 어렴풋이 보인다. 항상 생글거리며 웃는 호남형의 남편은, 인상과는 다르게 붙임성이 부족했지만 무엇을 하든지 잘할 수 있을 거라고 나는 믿었다. 그때의 남편은 어디로 갔을까. 도대체 마흔이 넘은 남자가 나이 서른에 찍었던 사진을 펼쳐 놓고 뭘 하자는 걸까. 사진과 함께 쓰여 있는 글.

　보이지 않는 바람을 찾듯,

　사랑을 찾으려고 애써도…….

　'새벽을 여는 사람들'은 어디로 가버리고 남편은 또 다시 채팅을 하고 있는 것 같다. 상대가 누구인지 알고 싶지도 않다. 회사에서 정리해고를 당할 때도 그랬다. 직원들을 축소한다는 말을 듣고 걱정이 되어 남편의 선배에게 전화를 했더니, 남편이 시간만 있으면 주식에 들어가고 게임에 빠져 있어 회사에서 평이 좋지가 않다고 했다. 그는 보험 설계사였다. 아침에 출근하면 모임을 갖고 큰소리로 구호를 외친 다음, 계약자를 찾기 위해 밖으로 나갔다. 보험 설계사들이 모두 나가야 할 때 갈 곳이 없는 그는 회사에 남아 전화나 받고 저녁 무렵이 되어 돌아오는 여자들의 보험 실적 상담이나 했다. 월말이 되어 한 달의 실적을 정리해서 도표를 만들어 붙여 놓았는데 그는 언제나 맨 꼴찌를 면치 못했다고 한다. 사교성도 없고 남에게 아쉬운 부탁을 하지 못한 남편은, 보험 계약자를 찾으러 다니지 않고 매일 매일을 컴퓨터와 함께 보냈다.

　아침이 밝아 오기 전, 새벽 4시쯤에 일어난 남편은 씻기부터 시작한다. 일터에 나가면 온몸에 냄새가 스며들고 옷이 젖을 것이 뻔하지만, 깨끗하게 빨아서 말린 작업복을 입은 그는 기분이 좋은 모양이다. 작업복 위에 환경미화원의 유니폼인 야광띠를 두른 주황색 조끼를 걸치고 주황색 모자를 쓴다.

"아침은?"

"해장국 하기로 했어. 삼치 통조림 있으면 몇 개 줘 봐."

나는 집에 사다 둔 삼치 통조림을 있는 대로 챙겨주며 어디에 쓸 것인지 물어보지 않았다. 남편이 밖으로 나간다. 잠에서 깨어난 시어머니는 아들에게 인사를 받으려고 자꾸만 헛기침을 해댄다.

이제 곧 여름이 돌아오련만 아직도 새벽 공기는 차다. 새벽의 텅 빈 도로에 자동차들이 홍수처럼 밀려온다. 성난 들짐승들이 들판을 달려오는 것처럼 청소차가 줄지어 달려오고, 종점에 있던 시내버스들이 속력을 내며 출발점을 찾아 미끄러져 간다. 사람이 다니지 않는 적막한 도로를 자동차들이 우렁차게 달린다. 가게 앞에 서서 거대하게 움직이는 자동차들을 바라보고 있는데 아스팔트길이 흔들린다. 남들이 일어나기 전에 쓰레기를 치우러 가는 남편은 하루의 삶이 전쟁 같다고 한 적이 있다.

남편을 태우고 갈 청소차가 가게 앞에서 멈추었다. 청소차에 오르는 남편의 모습이 나를 보라는 듯 당당해 보인다. 남편의 일에 당당하지 못한 것은 나뿐인 듯싶다.

조용한 집 안에서 물 흐르는 소리만 들린다. 목욕탕에서 소리가 난 것 같아 살짝 열린 문틈으로 안을 들여다보았다. 시어머니가 속옷 바람으로 빨래를 하고 있다. 구린 냄새가 진동을 한다. 시어머니는 나를 보더니 씩 웃는다. 빨고 있는 옷보다 입고 있는 옷, 여기저귀에 얼룩이 져 있다. 나는 아무 말 없이 안으로 들어가 욕조에 물을 받았다. 목욕물이 차는 동안 어머니께 입고 있던 옷을 벗고 탕 안에 들어가서 몸을 담그시라고 했다. 벗어 놓은 옷에는 속옷 겉옷 할 것 없이 노르스름한 똥이 조금씩 달라붙어 말라 있었다. 어제 하루 종일 옷에 똥을 묻히고 돌아다닌 모양이다. 나는 시어머니의 똥 묻은 옷을 손으로 비벼 문지른다. 갑자기 머리가 아파 오며 어렸을 적 기억이 다시 살아난다. 옷에 묻은 똥을 주섬주섬 떼어 냈던 할머니의 손길이 그리워져 한참 동안 목이 멘다.

그날, 나를 건져낸 할머니는 정신이 반은 나간 채, 옷에 덩이덩이 묻어 있는 똥 덩어리들을 손으로 훑어 긁어내고 아랫도리를 벗겼다. 다섯 살 나는 납작한 아래가 부끄러워 자꾸만 손으로 가렸다. 겨울 털옷을 입고 있던 난, 냄새가 나는 옷보다도 발가벗은 아랫도리가 부끄러워 두 손으로 앞을 가리며 할머니를 따라 걸어갔다. 할머니는 냄새나는 옷을 벗기고, 따뜻한 물에 몸을 씻겨 주었다. 엄마는 내 손 한 번 잡아주지 않으면서 자꾸만 할머니를 나무랐다. 무엇하다가 아이를 똥통에 빠지게 했느냐고 입만 삐죽이고 다녔다.

그날 저녁 할머니는 쌀을 담가 백설기를 해서 이웃에 돌렸다. 나는 자꾸만 머리에서 냄새가 나는 것 같아 머릿속을 긁었다. 흰떡을 한입 물다가 누런 똥 덩어리가 생각나자 비위가 상해 토하고 말았다. 잠을 잘 때마다 내 발은 헤엄을 쳤다. 한없이 깊은 늪에 빠져 헤어나지 못했다. 바닥에 떨어지면 죽을 것 같아 위로만 오르려고 애를 썼다. 할머니는, 내 새끼가 잠을 자면서도 자꾸만 발을 들어 올린다고 안쓰러워 하셨다.

"철이 없어도 놀랐을 거다. 어찌 안 그렇겠냐, 잊어 부러라. 아마 니는 명은 길 것이다. 세상에 내 강아지가 얼마나 놀랬냐."

나를 껴안은 할머니는 이후 내가 자다가 놀랄 때마다 등을 토닥거리며 품 안에 안아 주었다. 일주일을 앓아누웠다. 잠을 잘 때마다 나는 깊은 우물 속으로 빠져 들어갔다. 떨어지면 죽는다는 생각에 두 다리를 들어올리며 자꾸만 할머니를 불렀다.

철이 들기 시작하면서 나는 기차나 자동차를 타고 높은 다리 위를 지날 때면 나도 모르게 차 안에서도 다리를 들어 올렸다. 또한 고층 아파트나 산을 올라갈 때도 아래로 떨어질까 봐 걸음을 제대로 걷지 못했다. 머릿속에 각인되어 있는 냄새와, 수렁 속으로 빠질 것 같은 불안감은 늘 나를 따라다녔다. 요즈음 나는 숨을 쉴 때마다 냄새가 내 몸을 장악하고 있는 것만 같다. 그럴 때 벗어나고 싶은 마음에 하루에도 몇 번씩 이층으로 올라가 집 안을 청소했다. 그리고 내 몸도 씻어냈다. 뜨거운 물에 머리와 음부를 씻고 나면 냄새가 가신 것 같았다.

아침 햇살이 퍼져 들어온 거실은 밝은 빛으로 가득했다. 나는 유리문을 열고 베란다로 나갔다. 달팽이들은 이제 다용도실에서 나와 집 안 여기저기를 기어 다녔다. 베란다는 물론이고 목욕탕 바닥과 천장까지 붙어 있었다. 그때마다 나는 치약을 가져와 달팽이 한 마리 한 마리에게 치약을 묻혔다. 치약을 몸에 바른 달팽이들은 다시는 기어 다니지 못하고 서서히 형체가 허물어졌다.

지난 밤, 늦은 시각에 나간 남편은 술을 마시고 들어왔다. 남편이 목욕탕에서 몸을 씻고 있는 모습을 보자 나는 가슴이 답답해져 왔다. 그와 부딪치기 싫어 가게로 내려와 서성거렸다. 지나가는 자동차 헤드라이트의 불빛들이 스며든 가게는 푸른빛으로 가득 찼다. 순간, 안개처럼 스며든 푸른빛은 나를 몽롱하게 만들었다. 내 머릿속에서는 축축한 옷, 달팽이의 기어가는 몸짓, 똥 냄새, 쓰레기, 깜깜한 동굴처럼 어둡고 냄새나는 단어들만 맴돌고 있었다. 밝고 따뜻한 언어들은 다 어디로 가버리고, 습기 차고 우울한 단어들만 나에게 다가오는 것일까. 남편이 가게로 내려왔다. 그가 술 냄새를 풍기며 어둠 속에서 나를 안았다. 마사지 손님들이 누웠던 침대에 나를 눕히고 옷을 벗긴다. 피부 관리사가 된 남편이 내 몸을 마사지한다. 손으로 혀로. 그러나 타액이 묻은 내 몸의 털들은 꼿꼿하게 깃을 세우며 그를 받아들이지 않고 거부했다. 그가 한숨을 쉬고 일어났을 때 나는 원인을 알 수 없는 토악질이 시작되었다. 나를 바라보는 그의 눈빛이 어둠 속에서도 날카롭게 내 눈을 찔렀다.

아침을 먹은 시어머니가 정보지를 챙겨 노끈으로 묶더니 베란다에 내어놓는다. 제법 많은 분량이다.

"뭐 하실려고 신문을 매일 가져오세요?"

"팔아서 약 사묵을란다."

어머니의 말에 내 가슴이 울컥해진다.

"그래도 이제 신문 가져오지 마세요. 들키면 붙잡혀가요. 다른 물건도 주워오지 마시고요."

시어머니는 아무런 대꾸 없이 바쁜 일이라도 있는 사람처럼 횡하니 밖으로 나간다. 하루 종일 어디로 돌아다니는지, 저러다가 집이라도 잃어버리면 어떡하느냐는 남편의 말이 문득 생각난다. 마침 오늘은 금요일이라 오전에 예약한 손님이 없다. 오후쯤부터 있을 것이다. 밖으로 나간 시어머니가 어디를 돌아다니는지 행적이 궁금해져 뒤를 따라 나섰다.

집에서 나온 시어머니는 일호 광장이 있는 길로 접어들었다. 코렉스마트 앞을 지나면서 누가 볼세라 재빠르게 가판대에 있는 정보지를 몇 장 끄집어내어 검정 비닐봉지에 넣는다. 그러다가 뒤한 번 돌아보지 않고 태연하게 걸어간다. 밤색 바지에 자주색 카디건을 입은 시어머니는 언제 챙겨서 나왔는지 챙이 있는 빨강모자도 쓰고 있다. 역을 지나자 공원으로 올라가는 큰길이 보였다. 노인 몇 사람이 버스에서 내리더니 잎시 걸어간다. 시어머니도 그뒤를 따른다. 나는 시어머니가 공원에서 하루를 보낸다는 생각이

들자 걱정했던 마음이 놓였다. 그대로 돌아서려다 정류소에서 다시 정보지를 끄집어내 담고 있는 모습에 눈길이 쏠렸다.

공원으로 올라가는 길은 가파르다. 그 가파른 길을 올라가면서도 시어머니는 정보지가 보일 때마다 끄집어내 비닐봉지 속에 집어넣고 있다. 비닐봉지는 이제 양손에 들려 있다. 가만히 보니 정보지뿐만이 아니다. 길에 떨어진 다른 종이들도 주워서 넣고 올라간다. 얼마쯤 갔을까. 산책로 중간쯤, 공원 안으로 들어가는 입구에서 시어머니가 나무 뒤로 몸을 숨긴다. 뒤따르던 나도 영문을 모른 채 따라서 몸을 숨겼다. 그때 미화원 옷을 입은 남편의 모습이 눈에 들어왔다. 남편은 양철 집게로 쓰레기를 줍고 다니다 같이 일하는 미화원과 함께 공원 입구에 내놓은 쓰레기봉투를 들어 올려 차에 던졌다. 그는 두 손을 코끝에 대고 냄새를 맡아보더니 고개를 들고 하늘을 쳐다봤다. 깊이 숨을 들이마시고 있는 그의 얼굴에는 아무 표정이 없다. 남편과 동료 미화원이 공원 안으로 걸어가자 시어머니는 발소리를 죽이며 멀리서 그 뒤를 따라갔다.

산책로를 따라 안으로 들어가니 5월의 공원이 천천히 연둣빛으로 다가왔다. 어린 수목들의 연초록 잎에 맺혀 있던 이슬들이 아직 마르지 않아 물기를 머금고 있다. 키 큰 소나무와 향나무들이 싱싱하고 깨끗한 푸른 잎을 자랑한다. 숲에서 풍기는 신선한 향이 아침 이슬처럼 촉촉하게 몸속으로 젖어들었다. 운동을 하는 사람들이 여기저기 보이기 시작했다. 벌써부터 노인들이 매점 앞 벤치에 자리를 잡고 앉아 있다. 그리기 대회나 백일장이 열리는 넓은 공터를 지나니 공원 화장실이 보인다. 시어머니는 그때까지도 남편 뒤를 따라가고 있다.

화장실 옆에 있는 쓰레기장에는 아침부터 먹이를 찾아 쓰레기를 뒤지고 다니는 고양이들이 사람을 힐끗거리며 쳐다본다. 사람들의 발소리가 들릴 때마다 움직이지 않고 그 자리에서 고개를 꼿꼿하게 들고 쳐다본다. 눈에서 불꽃이 튀는 것 같아 온몸이 오싹해진다. 남편이 쓰레기장 청소를 다 할 때까지도 고양이들은 그 곁에서 맴돈다. 시어머니가 그 모양을 먼빛으로 보고 있다. 순간 나는 내 눈을 의심했다. 아침 햇살이 한 줄기 연극무대의 조명처럼 오롯이 남편을 비추자, 남편이 입고 있는 작업복 여기저기에 달팽이가 지나가며 토해낸 점액질이 마치 금실과 은실의 실타래를 풀어 엮어 놓은 듯 무지갯빛으로 반짝거렸다. 자세히 보니, 내가 서 있는 발아래 풀밭 사이에도 민달팽이들이 기어 다닌다.

남편보다 한 발 앞서 시어머니는 공원길을 내려갔다. 남편의 다음 행선지를 다 꿰고 있는 듯 한 치의 망설임 없이 주택가 골목으로 접어들었다. 청소차가 멀리 보인다. 골목 어귀를 서성거리던 시어머니가 재빨리 담벼락 뒤로 몸을 숨긴다. 나는 시어머니의 그런 모습을 보며 그대로 발걸음을 돌려 집으로 왔다.

예약도 하지 않고 찾아온 손님을 바쁘게 끝내고 돌아서자, 이제 막 목욕탕을 다녀오는지 머리에 물기가 채 마르지 않은 여자가 문을 열고 들어온다. 다녀간 지 며칠 되지 않았는데 피부에 생기가 없고 각질이 많이 생겼다. 몸이 건조해지며 생기는 것이 각질이라 충분하게 신경을 써서 물도 많이 마셨을 텐데 얼굴이 푸석거리며 피곤해 보인다. 여자는 아무 말 없이 침대에 드러눕기부터 한다. 무슨 일이 있었던 것일까? 잠을 자지 못했는지 눈이 충혈 되어 있다. 무척 지쳐 있는 모습이다. 나는 스팀 타월을 여자의 얼굴에 덮어두고 마사지 준비를 한다. 새로 출시된 고주파 마사지 기계는 피부 깊숙이 영양을 침투해서 얼굴에 탄력을 주고 잔주름까지 펴준다고 했다. 오늘 여자에게 사용해 보리라. 여자의 얼굴은 더 탄력이 생길 것이다.

‘자연미인으로 돌아가자’라는 플래카드가 눈에 띄게 걸려 있는 벽 한쪽에 달팽이가 기어가고 있다. 나는 여자가 눈치 채지 못하게 달팽이를 맨손으로 집어 땅바닥에 놓아준다.

물 위의 집

치어들을 보며 나는 아버지께 물었다. 가두리 고기들이 도망가지 않느냐고. 두 눈이 충혈 되어 있는 탓에 항상 화난 사람처럼 보이는 아버지는 퉁명스럽게 말했다.

"병신 같은 놈. 그걸 말이라고 하냐. 파도에 떠밀려 나갔던 놈들도 다시 들어와 그물 밑에 살고 있지. 언제나 살아온 곳 그 자리에서 맴돌아."

파도에 항이 터져 치어들이 가두리 밖으로 나가도 멀리 가지 못하고 다시 제자리로 돌아온다는 말이 폐부를 찌른다. 꼭 나를 빗대어 하는 말인 것 같았기 때문이다.

나무를 다루고 기계를 만지는 기술이 월등한 아버지는 가두리에 바지선을 만들었다. 원목을 잘라 두꺼운 판자로 만든 것을 서로 이어 붙인 다음 네 귀퉁이에 닻을 매달아 바다에 띄우기 때문에 웬만한 태풍에도 바지선은 끄떡없다고 했다.

"니놈 혼자 살기 아깝구나, 아까워."

아버지는 연신 혀를 차며 두 눈을 위아래로 치켜떴다. 걱정 반 비웃음 반이다.

땅 위에 거처할 방 한 칸 만들지 못했던 위인이 이젠 물 위에 집을 지었으니 이곳에 살아야 한다. 내가 살았던 도시는 셀 수 없을 정도로 수많은 아파트와 주택들을 지었지만, 안착하며 살 수 있도록 허락하지 않았다. 그것들은 언제나 나보다 한 걸음 앞서 갔다.

아버지는 나에게 공공연하게 병신 같은 놈이라는 말을 했다. 비싼 돈 들여 서울로 대학까지 보냈더니 섬으로 다시 기어들어왔다고 말끝마다 혀를 찼다. 사법고시나 행정고시에 합격하여 플래카드는 걸어주지 못할망정 다 망가진 몸으로 돌아왔으니 화가 날 만도 했으리라. 나 역시 마찬가지였다. 초등학교를 졸업하고 중학교 진학을 하면서 떠났던 곳이다. 섬과 연관된 모든 기억들은 머릿속에 추억으로 남아 있을 뿐 그리움이나 강렬한 끌림도 없었다. 그런데 어느 날부터 지꾸만 내 귓가에 파도 소리가 들렸다. 왜 파도 소리가 들리는지 의아하기 짝이 없었다. 환청에 시달리다 못해 병원을 찾았을 때 의사는 말했다.

"뇌와 연결된 달팽이관이 제구실을 하려고 해도 뇌가 방해를 하는 겁니다. 충격을 받아서 그런 것이니 조금 쉬고 나면 좋아질 겁니다.”

그러나 아무리 마음을 진정시켜도 거친 심장의 박동 소리에 맞춰 파도 소리는 하루 종일 귓전을 맴돌았다.

치어를 키우는 가두리가 하나 둘씩 늘어나더니 섬에서 가까운 근처 바다에 바지선들이 갑자기 많아졌다. 나는 요즈음 바지선에서 사는 일에 익숙해지고 있다. 막상 살아보니 물 위에 떠 있는 집이라는 느낌이 들지 않고, 땅 위 집에서 살 때보다 훨씬 아늑한 기분이 들었다. 하지만 제일 아쉬운 것이 물이었다. 물 위에 살면서도 물이 부족하다. 항상 몸에 소금기가 남아 있는 것 같아 꺼끌꺼끌하고 갈증이 났다. 생활용수는 육지에서부터 파이프를 묻어 지하수를 끌어올려 사용하고, 식수는 아침이면 가두리로 들어오는 인부들에게 부탁했다.

섬에는 초정약수라는 맛좋은 샘물이 있다. 초등학교 뒷산에 있는 약수터인데 입 안에 넣고 물맛을 음미해 보면 톡 쏘는 맛도 있고 단맛도 감돌았다. 그 약수터에서 물을 한 통씩 떠 가지고 오는 것이다.

오늘 나는 큰 통에 소금을 진하게 풀어 치어들을 번갈아 담아 가며 소독을 해주었다. 아가미흡충을 예방하기 위해서다. 치어들도 식욕이 떨어지면 성장이 멈추었다. 자라면서 먹이를 주는 횟수도 늘리고, 병이 걸리지 않도록 운동량도 늘려주어야 한다. 차광막을 쳐 그늘을 만들어 주었더니 잘 놀고 있다. 수온이 높아지면 가두리 치어들도 스트레스를 받기 때문에 죽는 수가 있어 적절하게 온도 조절을 해주어야 했다.

사람들이 모여 사는 세상이나 물고기들이 사는 세상이나 별반 다를 바 없다. 놈들에게 먹이를 주다 말고 물속을 쳐다보고 있으면 바쁘게 움직이는 모습이 떠나온 도시를 떠오르게 한다.

섬으로 들어오기 전 나는 정말 많이 망설였다. 겨우 용기를 얻어 아버지께 전화를 하는데 가슴이 두근거렸다.

"섬으로 들어갈게요."

내가 작은 목소리로 주저하며 말하자, 아버지는 조금도 나이 들어가는 기색 없이 건장한 목소리로 소리를 질렀다.

"섬으로 들어오겠다고? 몸이 아프다니 내려오지 말란 말은 못하겠고, 허나 니놈이 내려와서 할 일이 있을 란지 모르겠다. 바다 생활 아무나 하는 거 아니다. 내려올라면 각오하고 오니라. 병신 같은 놈, 남들은 못 나가서 야단들인디."

아버지는 내 가슴에 쐐기를 박았다. 아니 대못을 박는 것처럼 독살스러웠다. 하지만 나는 어쩔 수 없었다. 그만큼 지쳐 있었다.

안개로 덮여 있는 바다는 한 치 앞도 분간할 수 없었다. 눈에 보이던 사물들도 안개 속으로 곧잘 숨어들어 금방 모양을 드러내다가도 잠깐 한눈을 파는 사이에 자취를 감춰버렸다. 필요한 물건을 찾는 데도 한참 숨바꼭질을 했다.

안개 속에 있으면 나 자신도 모르게 입술로 자꾸만 손이 간다. 심장의 열이 온통 입술 위로 모아드는 것 같다. 언제부턴가 입술이 벗겨지기 시작했고, 그 껍질을 뜯어내는 일을 반복하다 보니 이젠 입술 위에 붉은 딱지가 앉았다. 딱지를 뜯어내면 비릿한 핏물이 입 안으로 스며들었지만 그럴 때면 오히려 은근한 쾌감까지 느껴져 그만둘 수가 없었다.

나는 요즈음 거울을 볼 때마다 깜짝깜짝 놀라곤 했다. 바닷물에 세수를 하고 그대로 햇볕에 태워서인지 곱살했던 얼굴은 오간 데 없고, 대신 앞머리가 이마를 덮은 구릿빛 얼굴의 사내가 거울 속에 있기 때문이다.

오늘은 한낮이 되어도 물안개가 사그라지지 않고 눈앞을 가로막고 있었다. 이런 날은 등대에서 울려오는 무적 소리가 하루 종일 바지선으로 파고들었고, 그 소리에 취한 나는 몽롱한 정신으로 좁은 난간을 걸어 다녔다. 아무것도 보이지 않는 안개 속에서 소리라도 들을 수 있다는 것은 큰 위안이다. 뱃고동 소리 같은 무적 소리가 들릴 때면 눈을 감고 먼 기억 속으로 돌아간다. 그러다가도 배들이 안개에 길을 잘못 찾아들어 가두리를 망치면 큰일이라는 아버지의 말이 떠올라 정신을 차리고 카세트 볼륨을 높인다. 나이 서른이 다 된 놈이 병신 같다라는 말을 아침저녁 듣다 보니 오기가 생긴 걸까. 치어를 키우는 시기를 놓치면 일 년 농사 망치는 꼴이라는 아버지의 푸념 때문일까. 아무튼 치어들을 키우는 일에 정신을 쏟고 싶었다.

치어들도 먹이를 주는 사람을 알아보는 모양이다. 내가 나타나면 꼬리를 흔들고 물속에서 수면을 향해 입술을 내밀었다. 그럴 때마다 나는 내가 치어들을 키우는 것이 아니라 치어들이 나를 키우고 있다는 생각이 들었다.

점심을 먹고 살짝 낮잠이 들었는데 어디선가 떠들썩한 소리가 들렸다. 가두리가 만들어지면서부터 같이 살기 시작한 흰둥이와 누렁이가 짖어댔다. 나는 자리에서 일어났다. 물이 넘실거리는 바지선 난간으로 청년 하나가 밧줄을 던지고 있었다. 종선에는 대학을 다닌다는 마을 청년들과 낯선 사람들이 몇 명 타고 있다. 던져주는 밧줄을 두 손으로 잡아 기둥에 매어주자 사람들이 바지선으로 올라왔다. 나는 그들에게 일말의 호기심도 반가움도 들지 않았지만 그냥 데면데면하게 대하기는 멋쩍어 손을 한 번 흔들었다.

"형!"

"어서들 와."

"친구들이 놀러 왔어요. 바지선 구경을 하고 싶다기에 데리고 왔는데……."

갑자기 지난밤의 취기가 확 밀려왔다. 사람들을 기다린 적은 없었는데 외로웠던 모양이다. 바지선에 올라온 남녀 대학생들이 고개를 숙이며 인사를 했다. 눈썹이 유달리 짙고 팔이 짧아 보이는 여자가 마을 청년 옆에 붙어서 손을 꼭 잡고 있었다. 여자들은 바닷물이 넘실거리는 난간을 돌아다니며 발을 물속에 담갔다. 일정한 간격으로 부딪쳐 오는 파도에 바닷물이 찰랑거리자 환호성도 질러댔다.

"물 위의 집, 멋있지 않니? 주방도 있어, 화장실과 욕실도 있는데."

"저 개들 좀 봐, 아무 표정이 없어. 주인 닮았다."

여자들은 작은 소리로 말을 주고받으며 두 마리 개를 보고 웃더니, 부엌과 화장실을 보고도 웃는다. 그중 하나가 스티로폼 두 개를 포개어 만들어 놓은 침상을 보더니 내게 물었다.

"하루 종일 파도에 흔들리지 않아요? 잠잘 때도 어지러울 것 같은데."

그 말을 듣던 나는 목이 탔다. 걱정스런 얼굴로 내게 말을 하는 여자는 귀밑 목 언저리에 붉은 점이 있었다. 나는 냉장고 문을 열고 생수를 끄집어내 꿀꺽꿀꺽 마셨다. 이미 소용없어진 일인 줄 알면서도 뿌연 시선 넘어 아득히 붉은 점이 모아진다. 침상 위에 던져둔 찢어지고 해어진 잡지들을 보며 깔깔거리는 여자들의 웃음이 바다에 퍼졌다.

대학을 졸업하고 취업난에 시달렸다. 제대로 된 직장에 들어가기 위해 나름대로 준비를 했는데도 취직이 어려웠다. 그동안 닥치는 대로 아르바이트를 하다 겨우 들어간 회사는 그나마 계약직이었다. 아이들 논술 교육이 호황을 누리고 있어 유명 출판사 논술 교사가 되었다. 정규직으로 전환할 수 있다는 말에 입사했는데 막상 시작을 해 놓고 보니 그만큼 실적이 있어야 했다.

그곳에서 나는 윤영을 만났다. 맡은 구역이 가까운 탓에 우리 두 사람은 밤낮없이 붙어 다니는 꼴이 되고 말았다. 아이들을 기다리는 동안이나 수업 사이 자투리 시간에도 우리는 서로의 눈을 쳐다보며 잡다한 이야기를 나누었다. 끝나고 나서 회사에 돌아갈 때에도 어김없이 같은 장소에서 만나 같이 들어가다 보니 쉽게 가까워질 수 있었다. 나는 도시의 이곳저곳을 찾아 걸어 다니는 일이 즐겁기 시작했다.

"김 선생 덕분에 구두 굽이 빨리 닳겠어요."

입으로는 불평을 하면서도 그녀도 걷는 일에 익숙해졌고, 시간이 지나자 걷자는 말을 먼저 하기도 했다. 그 거대한 도시에서 그녀와 함께 걸어 다닐 수 있는 시간이 내겐 더없는 행복이었다.

어느 날, 고등학교 동창 기수가 찾아왔다. 고등학교와 대학교를 같이 다녔던 친구였다. 내 자취방에 빌붙어 살면서 내게 용돈까지 얻어 썼던 놈이다. 몸이 작고 곱실하게 생긴 내 옆에 기골이 장대하고 이목구비가 뚜렷한 기수가 붙어 다니자 다른 친구들은 겁부터 먹었는지 나를 함부로 대하지 않았다. 그 대신 우리에게 애인 사이란 칭호가 자연스럽게 따라다녔다.

놈은 나를 보호해 준다는 명목으로 천연덕스럽게 나를 끌고 다녔지만 나는 싫었다. 하지만 놈을 상대할 만한 힘도 갖추지 못했고 의지도 약했다. 고등학교 3년, 대학 4년 동안을 꼼짝없이 놈에게 붙잡혀 놈이 끌어가는 대로 살 수밖에 없었다. 군 입대를 하면서야 기수는 내게서 멀어졌다. 다시는 만나지 않았으면 좋겠다는 바람을 가졌는데 다시 나를 찾아온 것이다.

"다니던 회사가 부도났다. 네가 마침 서울에 있다는 말을 듣고 같이 있고 싶어 이렇게 왔다."

나를 찾아온 기수는 내 마음 따위는 아랑곳하지 않고 이제 자기를 만났으니 돈도 벌고 장가가는 일도 걱정하지 말라며 큰소리를 뻥뻥 쳤다. 싫고 좋은 일을 분명하게 표현하지 못하고 질질 끌려가는 나에게도 문제는 있었지만, 그런 나를 기수는 곧잘 이용했다. 우정이라고 큰소리치며 두 눈을 부릅뜨는 기수에게서 벗어나지 못하고 내 의지와는 상관없이 그 기세에 눌려 끌려 다녔던 세월, 나는 또 다시 기수에게 붙잡히고 말았다. 그렇게 나를 끌고 다녔던 기수의 목 언저리에도 붉은 점이 있었다.

사람의 기억이란 무엇을 의미할까. 하긴 기억이 없는 삶이란 아무 의미도 없을 것 같다. 우리가 피상적으로 내세우는 삶이란 계획대로 되지 않는다는 것을 나는 알고 있다. 윤영과의 만남과 헤어짐이 그랬고, 거푸집처럼 허물어져 버린 내 삶도 그랬다.

목 언저리에 붉은 점이 있는 여자가 미간을 찡그리며 입을 열었다.

"물고기들, 기르는 동안 어디로 도망가지 않아요?"

"그물이 둘러 있어 쉽게 빠져나가지도 못하지만 나가려고도 하지 않더군요. 어쩌다 어망 사고에 그물이 터져도 근처에서 벗어나지 않고 살아요."

나는 아버지가 했던 말을 기억하며 여자에게 말했다.

"사람도 그럴 수 있을까요. 한곳에 머물러 살 수 있을까."

여자 입가에 살짝 미소가 묻어나더니 시선을 들어 바다를 응시했다. 비릿한 냄새가 안개 속에 묻어 스며들었다.

수면을 적시며 스멀스멀 피어오르던 안개가 몸을 숨겨주자 놀러 온 사람들이 고래고래 소리를 지르며 노래를 부르기 시작했다. 바지선이 무적 소리와 파도에 가볍게 흔들렸다. 모두들 됫병 소주를 사발에 부어 물 마시듯 마셨지만 취하지도 않았다. 술이 들어가자 나는 몸 안에서 용솟음치는 뜨거움을 느꼈다. 사실 흙냄새가 그리웠는지도 모른다. 더 솔직히 말하면 한 두어 달 바다에 사는 동안 불빛 환한 도시가 그리웠던 것도, 여자가 그리웠던 것인지도 모른다. 기실 나 자신이 쳐놓은 덫에 갇혀 스스로 고립된 생활을 즐기고 있었지만, 한편으론 앞날이 불투명한 나 자신의 존재를 생각하면 두려웠는지도 몰랐다.

가슴으로 스산한 바람이 들어왔다. 술을 마시면 마실수록 목이

타 들어갔다. 매 순간마다 떠오르는 사람들. 잊고자 할수록 더 크게 오버랩 되면서 차근차근 더 각인되어 가는 기억들. 나는 여전히 그것들에게서 벗어나지 못했다.

다시 내 앞에 나타난 기수는 입대하기 전보다 외모가 한층 멋있어져 있었다. 준수한 얼굴에 몸집이 좋은 기수에 비해 상대적으로 빈약한 나는 놈이 나타나자 스스로 주눅이 들었다. 기수에게 내가 만만한 존재였을까.

"넌 나를 떠날 수 없어. 한 번 친구는 영원한 친구이기 때문이야."

놈의 이론이란 게 그랬다.

이번에도 기수는 나를 놓아주지 않았다. 어떤 날은 혼자 있기 심심하다며 회사까지 따라왔다. 그러다가 내가 다니는 회사에 이력서를 내더니 놈도 들어왔다.

사회는 공동체였고 기회는 누구에게나 주어졌다. 내가 어렵게 들어온 회사에 놈은 쉽게 들어왔고, 내가 세상을 거부하지 않고 살아가는 방법을 터득하기까지는 오랜 시간이 걸렸지만 놈은 쉽게 적응을 했다. 팀장의 권유로 기수가 우리 팀으로 들어온 뒤부터 나는 그 공동체가 싫어졌다. 모든 일에 의욕도 없어지고 아이들을 상대로 논술 교사를 하는 일도 싫증이 났다. 그렇게 축 처져 지내던 어느 날부터 이상한 일이 일어나기 시작했다. 동료들과 회식이 있는 날, 신발을 벗고 방 안으로 들어가 밥을 먹고 나오니 신발이 없어졌다. 한참을 찾아도 신발이 없어 허둥대는데 기수란 놈이 내 신발을 찾아들고 오는 게 아닌가? 겨우 신발을 신고 나오는데 어쩐지 기분이 묘했다. 또 다음 날은 늘 들고 다닌 가방을 잃어버렸다. 그런데 시간이 지나면서 그런 실수가 자주 일어났다. 벗어둔 옷이 없어지거나 심지어는 주머니에 넣어둔 지갑을 분실하기도 했다. 그러다 보니 나중엔 나도 나 자신을 믿기 힘들었다.

나는 모든 일에 극도로 예민해졌다. 제 물건 하나 제대로 챙기지 못한 것 같아 스스로가 생각해도 한심스럽기까지 했다. 사람들과의 모임도 피하게 되고 괜히 짜증을 부리며 혼자 지내는 시간이 많아졌다. 하찮은 물건 하나하나가 그렇게 사람의 목덜미를 잡을 줄 몰랐다.

"김 선생 요즘 왜 그래?"

하는 소리를 듣는 것도, 사람들 보기도 창피했다. 윤영과의 관계도 자연스럽게 소홀해졌고, 반대로 그런 나를 걱정하며 눈에 띄게 챙겨주는 기수에게 주변 사람들은 후한 점수를 주는 것 같았다. 나는 세상 모든 일에 의심을 갖기 시작했다. 하는 일마다 실수가 잦아지자 삶 자체가 현실에서 멀어지고 허구가 되어 버린 것 같았기 때문이다. 회사에 나가기 싫어 결근하는 일이 잦았고, 종일 커튼을 내려 빛을 차단하고 방 안에서만 지냈다. 처음으로 나 자신의 힘으로 선택했던 삶에서 밀려난 기분을 아무에게도 말할 수 없었다.

은둔만이 최상의 길이었다. 나의 그런 모습을 보고 있던 기수가 어느 날 말했다. 내가 가는 곳마다 따라다니며 물건을 숨긴 사람이 자신이었다고……. 좋아서, 내가 좋아서 한 일이었다고.

나는 그 말을 들으면서 장난으로 던진 돌에 맞아 죽은 개구리가 생각났다.

"제발 부탁한다. 더 이상 나를 약하게 만들지 말고 나를 좀 놓아다오. 다시는 내 앞에 나타나지 마라."

용기를 내어 기수에게 처음으로 큰소리치고, 더 이상 놈에게 끌려가서는 안 되겠다는 생각에 가차 없이 돌아섰다. 장난이 심해 미안했다는 기수의 고백을 듣고 나는 허둥거렸고, 오히려 기수는 당당했다. 내게 실망의 눈빛을 보내는 윤영을 외면하며 그만 그들과 헤어졌다. 더 이상의 인연 같은 것은 바라지도 않고 접었다.

바다가 현란한 석양빛을 토해내기 시작했다. 어둠이 찾아오기 시작하자 바지선에 놀러 왔던 사람들이 돌아갔다. 하지만 그중 하나, 목에 붉은 점을 가진 여자가 밤바다를 보고 가겠다고 바지선에 남았다. 사람들은 약속이나 한 듯 아무렇지도 않게 그녀를 두고 돌아갔다.

바닷새의 울음이 각양각색이다. 제 음색과 제 가락으로 울고 있다. 바지선 끝머리에 앉아 나는 여자와 어둠이 덮인 바다를 보고 있다. 깜깜한 바다 위로 이따금 등대의 푸른 불빛이 스쳐간다. 여자는 섬과 바다가 많이 궁금한 모양이었다.

"바다는 하루 종일 매초를 다투며 색이 변하고 있던데 그 색을 자세하게 본 적이 있어요? 참, 낮에 저기 동백나무 숲에서 울던 새는 이름이 뭐지요?"

여자는 동박새의 울음을 들은 모양이었다. 나는 그녀에게 어머니가 나를 낳고 석 달 만에 산후병으로 죽어, 등대 근처 공동묘지에 묻혀 있다고 말했다. 그곳 동백 숲에서 우는 새가 동박새라는 말도.

"어머니는 몸이 무척 약한 분이셨대요. 곡성에서 시집을 오셨는데 배를 타면 멀미가 심해 외가에 가고 싶어도 한 번도 못 가고 돌아가셨다고 하더라고요. 안개가 끼어 무적 소리가 울리는 밤이면 밤새 잠을 설쳤대요. 지금처럼 쾌속선이 안 다닐 때에는 여수에서 배를 타고 여덟 시간 걸려서 오는 곳이에요. 장사 다니던 아버지를 만나 이렇게 깊은 섬인 줄 모르고 따라 들어왔으니 병이 났을 만도 했겠지요. 시집와 얼마 되지 않아 자식이 생기니 오도 가도 못하고 꼼짝없이 붙들려 살았더라고요."

"정말 병이 나서 돌아가실 만도 했겠어요. 얼마나 고향에 가고 싶었을까?"

여자는 내가 한 말에서 어머니에 대한 그리움을 읽어낸 듯 고개를 끄덕였다.

"나는 어렸을 때부터 동백 숲을 자주 찾아갔어요. 중학교 때 도시로 전학을 갔는데 명절날이나 방학 때 집에 오면 제일 먼저 그곳으로 달려갔어요. 어머니의 혼이 있어 나를 끌어당기는 것 같았지요. 그곳에 가면 하늘이 보이지 않을 정도로 우거진 동백나무 숲이 있어요. 그 동백 터널 속에 들어가면 동박새가 노래를 부르며 반겨주었지요. 관백정에서 먼 수평선을 바라보고 있으면 바위에 부딪치는 파도 소리에 속이 다 후련해져 내 서글픔의 근원이 무엇인지를 잊어버리고 기분이 좋아져 돌아오고는 했답니다. 바지선에서 살고 있는 요즈음에도 눈만 돌리면 멀리 동백 숲이 보이고 새들 울음소리가 들려 항상 반갑지요. 늦었지만 언젠가는 어머니 유골이라도 곡성으로 모셔드리고 싶네요. 죽어서라도 그리워했던 고향으로 가보시라고."

일정한 간격으로 부딪쳐오는 파도 소리와 무적 소리에 나는 어머니 이야기를 하다 말고 그리움에서 깨어났다.

바지선, 지금 내 옆에 있는 여자를 위해 나는 무언가 할 일이 생겼다. 우선 바지선에 불을 밝혔다. 바지선에서 사용하는 전기는 배터리를 여러 개 잇고 모터를 달아 충전해서 밤 시간에만 잠깐씩 쓰기도 하지만, 육지에서 가까운 바지선은 전기선이 이어져 있어 불편함이 없다.

불빛이 바다로 스며들었다. 파도에 흔들려 춤을 추고 있는 것은 불빛뿐만이 아니다. 하늘의 별도 춤을 추고, 지나가는 바람도 춤을 추었다. 밤이면 온 섬을 휩쓸고 다니는 야생 고양이들의 눈빛이 어둠 속에서 흔들거렸다. 옆에서 여자가 가쁜 숨을 몰아쉬고 있었다. 바다의 정적. 가라앉은 고요에 금세라도 터져 버릴 것 같은 욕망이 내 몸을 깨웠다. 갑자기 온몸에서 뜨거운 열기가 솟구쳤다. 파도가 일 때마다 물 위의 집이 흔들렸다. 밤이면 무인도와 같은 바지선에서 나는 세상에 대한 비뚤어진 마음을 바로잡기 위해 무던히도 애를 써보지만, 그때마다 떠오르는 사람, 철들자마자 만난 친구지만 언제나 경계의 눈빛으로 마음을 놓지 않았던 기수. 술이라도 한잔하는 날이면 슬며시 다가와 내 몸을 만졌던 그 뻔뻔함.

나는 목울대까지 올라오는 서글픔을 참지 못하고 여자를 안았다. 잠깐 사이에 모든 의식이 정지되어 버렸다. 바람 소리, 파도 소리 속에 무적 소리가 가슴께로 파고들었다. 나는 어딘지도 모르는 곳을 향하여 힘껏 달렸다.

동쪽 하늘이 환해지기 시작하며 붉은 기운이 감돌았다. 어제의 아침처럼 오래지 않아 해가 뜰 것이다. 이른 새벽부터 부지런한 갈매기들이 물 위를 스치며 먹이를 찾아 날아올랐다. 일꾼들이 운빈선을 타고 들어오면 여자를 돌려보내야 하는데, 지금 여자는 아무 말이 없었다. 밍하니 앉아 비지선 밑으로 찰랑거리는 바닷물에 발을 담그고 있을 뿐이다. 그녀는 지난밤의 열기에 들떠 있는 것처럼 보였다.

여자가 말문을 열었다.

"어제 바지선에 막 올라왔을 때에는 멀미가 났는데 하룻밤 지나고 나니 이제는 괜찮네. 나 여기서 잠깐만 살다 갈게요."

여자는 바닷물에 담그고 있던 발을 수건에 닦고 몸을 털고 일어서더니 밥을 하고 찌개를 끓였다. 나는 여자가 누군지 궁금했지만 아무 말도 묻지 않았다.

바지선 난간에서 내려다보이는 바닷물이 시원했다. 나는 웃옷을 벗고 물속으로 들어갔다. 물속에서 바라본 치어들은 한결 생기 있어 보였다. 손으로 잡으려 하니 재빨리 도망가 버렸다. 몇 분도 되지 않아 몸에 갑자기 으스스 한기가 들었다. 온몸이 오들오들 떨렸다. 나는 가쁜 숨을 몰아쉬며 물 위로 올라왔다. 아침 햇살이 가두리로 파고들었다. 따뜻한 곳을 찾아 몸을 말렸다. 어젯밤과 또 다른 아침이었다.

어제 오후부터 바람이 거세지더니 태풍이 섬을 강타했다. 나는 여자를 데리고 일주일 만에 땅 위로 올라왔다. 물 위에 살다가 발에 흙을 묻히자 갑자기 어지러웠다. 나무도, 산도, 서 있는 사람들도 모두가 초점이 맞춰지지 않아 흔들렸다. 바다를 떠난 물고기처럼 맥을 못 추고 멀미증에 시달렸다.

여름의 바다는 이따금 잔혹할 정도로 사람을 놀라게 했다. 더위를 식혀주던 시원한 바람은 갑자기 사나워져 태풍을 몰고 왔고, 샛바람에 거센 바다는 무섭기조차 했다. 그런 날에는 근처에서 양식장을 하는 사람들이 모두 가두리를 놓아둔 채 대피를 했다. 태풍이 몰아치고 비바람이 불기 시작하면 생기 넘치던 섬은 회색빛으로 변해갔다. 잠깐 사이 섬사람 모두가 어딘가로 사라져버린 것처럼 숨소리 하나 들리지 않고 적막하기만 했다. 바람에 흔들리는 전신주만이 음험한 소리를 내며 울었다. 크고 작은 배들도 태풍에 견디기 위해 서로를 밧줄로 묶어 의지하며 파도에 흔들렸다. 그러다가도 하룻밤을 자고 나면 바다는 언제 바람이 불어 사납게 굴었느냐고, 나는 그런 일이 없었노라고 시치미 떼며 파도와 놀고 있었다. 나는 그럴 때마다 순식간에 얼굴색을 바꾼 바다를 보며 망연자실할 수밖에 없다. 불가해한 자연 앞에 나약한 인간의 존재를 다시 확인할 뿐이었다.

오늘도 그랬다. 태풍이 물러간 뒤 나는 여자와 같이 운반선을 타고 가두리로 나갔다. 가두리에는 거친 파도에 그물끼리 이어놓은 항이 터져 기르던 물고기들이 하나도 보이지 않았다.

"고기들이 보이지 않네, 저 아래 있을까요?"

"글쎄, 있기도 하고 어떤 놈들은 파도에 휩쓸려 어디론가 떠내려갔겠지요."

"그물이 터져도 멀리가지 않고 세자리에서 산다고 했잖아요. 태풍에 떠밀려 나간 놈들도 다시 찾아온다고."

여자가 무슨 대답을 원하는 것인지 모른다. 질문을 되풀이하며 한숨만 쉬지만 나는 애써 모른 척했다. 태풍으로 망가진 가두리는 일단 복구를 해야 했다. 그러나 어디서부터 손을 써야 될는지 막막했다. 또다시 혼자가 될 것 같은 예감이 들었다.

뭍의 소식을 가져오지 못한 섬은 스산하다 못해 죽어 있는 듯했다. 생기를 잃어버린 섬처럼 여자도 힘없이 앉아 있기만 하더니 육지로 돌아가겠다고 했다. 아직 주의보가 풀리지 않아 섬에서 나가는 객선도, 육지에서 들어오는 객선도 없었다. 며칠 동안이었지만 바지선에서 지냈던 일도, 내게 대한 감정도 담담해진 듯 여자는 뱃길만 쳐다보고 있었다. 눈도 마주치지 않으려 했다. 아니, 어쩌면 기억상실증에 걸렸던 사람이 제정신을 찾은 것처럼 모든 것을 낯설어 했다. 나는 여자를 바라보며, 이 여자를 하루라도 더 섬에 붙잡아 두면 죽을지도 모르겠다는 막연한 생각이 들었다.

수협에서 경매가 끝난 수산물을 싣고 가는 화물선이 새벽 1시에 가까운 항구로 출항을 했다. 주의보가 내려 뱃길이 막히면 물건들이 상할까 봐 웬만한 바람은 무시한 채 물건들을 싣고 나가는데 해경에서 모른 척해주었다. 여자는 그 배를 타고 가겠다고 고집을 부렸다. 떠나지 못해 안달이 난 사람처럼 그 깜깜한 뱃길을 어둠 속에 몸을 웅크린 채 숨 가쁜 모습으로 떠났다.

단절. 소통이 되지 않는 세상이 또다시 찾아들자 기억 속에서 떨쳐버리지 못한 죄의식이 또다시 온몸을 파고들었다. 스스로 고립시키는 것. 기수가 떠날 때도 그랬다.

　외부와의 연결고리인 휴대전화까지 꺼놓고 나는 집 안에만 있었다. 빛이 싫었다. 한 줌 빛이라도 스며들면 큰일 날 것 같은 불안한 마음에 창문을 철저하게 가리고 어둠 속에서 지냈다. 먹고 잠자는 일로 겨우 며칠을 보내고 있는데 누군가 자꾸만 현관문을 두드렸다. 기수였다. 방금 전 헤어진 친구처럼 아무렇지도 않은 표정으로 문을 열고 들어오는 사람은 바로 기수였다.

　"자식, 이럴 줄 알았어, 나가자."

　그렇게 밖으로 따라 나간 그날 밤이 놈과의 마지막 밤이 되어버렸다.

　"내가 떠난다면 막상 너 서운하지. 왜? 넌 내가 없으면 아무것도 못했어. 하지만 언제까지 내가 옆에 살 수도 없고, 이젠 나도 살아야 하고."

　기수 말에 나는 입술을 깨물었다.

　"스토커처럼 따라붙어 나를 괴롭힌 사람은 너였어. 그런데……."

　나는 끝까지 말을 아꼈다. 깨문 입술에 피가 나도 아프지 않았다. 내 의지와 상관없이 놈에게 끌려 살아온 시간들, 놈이 가겠다는데 기뻐서 눈물이라도 흘려야 되는데, 미약하기만한 자신의 존재가 한심스럽기까지 했다. 나 자신 하나를 방어하지 못하고 끌려다닌 삶이라니.

　인간이 인간에게 가증스럽게 할 수 있는 한계가 어디까지일까.

정말 기수는 내게 자신이 필요한 존재였다고 생각하고 있는 걸까, 나 역시 나도 모르게 놈에게서 보호를 받고 살았던 건 아니었을까. 나 자신까지도 의심스러워졌다.

그날 기수는 내 방에 남아 있는 자기 짐을 챙기며 빨리 떠나야 한다고 설쳐댔다. 하지만 나는 갑자기 오기가 생겨 이대로 보낼 수 없으니 술이라도 한잔하자며 놈을 붙잡았다.

"이 자식아, 진즉 내 옆에서 떠나주지 다시는 만나지 말자. 이 웬수."

용기를 얻어 가슴에 쌓아둔 말을 한 것 같았다. 같이 술을 마시면서 왜 나만 취하고 넌 끝끝내 취하지 않느냐며 마지막까지 몰아치기도 했다. 놈은 나를 차에 태우고 데려다 준다며 운전을 했다. 그리고 다음 날 아침 깨어나니 병원이었다.

머리에 붕대가 감겨져 있었고, 멍하고 무기력한 상태가 계속되었다. 분명히 어제와는 다른 날이었다. 무엇이 어떻게 되었는지 입이 벌어지지 않아 물어볼 수도 없었다.

"음주운전이더군요. 그런데 중앙선을 침범한 차를 운전자가 자신은 피하지 않고 조수석을 막아주었어요."

현장검증을 하고 왔다는 경찰의 말처럼 기수는 나를 살리고 내 곁에서 영원히 떠났다.

"나쁜 새끼, 죽으면서까지 나를 놓아주지 않는구나."

나는 또다시 놈에게 걸리고 말았다. 떠나달라고 했더니 평생 올가미를 씌우고 가버렸다. 벗어날 수 없는 길. 기수를 떠올릴 때마다 나 자신에게 화가 나고, 그 화를 풀지 못한 나는 감정을 주체하지 못해 다시 어둠 속으로 빠져들었다.

섬을 떠난 여자가 바지선으로 편지를 한 장 보냈다.

"당신의 어머니가 섬을 떠나지 못했던 것은 생명을 잉태했기 때문이라는 말을 들었을 때 순간 저도 지금 떠나지 않으면 당신의 어머니처럼 그 섬을 떠나지 못할 것 같았습니다."

편지를 읽고 나는 그녀에 대해서 아는 게 너무 없었다는 생각이 들었다. 여름 며칠간, 정말 내 곁에 여자가 있었는지. 무얼 했던 여자인지. 그 여자의 이름이 무엇인지. 여자를 떠올릴 때마다 목에 있는 붉은 점이 그려졌고, 붉은 점이 그려지면 기수의 얼굴이 겹쳐져 여자의 얼굴과 기수의 얼굴이 하나가 되곤 했다. 그녀에 대한 기억들이 혹여 자신의 상상에 의한 환상이었는지도 모른다는 막연한 그리움에 마음이 아팠을 뿐이다.

바람이 몸을 파고들었다. 해가 진 뒤 바다가 푸른빛으로 변해 어둠이 지기 시작하면 사람들의 목소리가 바지선으로 날아들었다. 저녁 햇살에 왠지 가슴이 아파 올 때마다 나는 기억 속에서 떨쳐버리지 못한 여자를 생각했다. 섬을 떠나지 못하고 죽은 어머니와 살기 위해 섬을 떠났다는 여자.

바닷속으로 붉은빛이 사라지고 신비한 푸른색으로 바다가 빛이

나기 시작하면, 하얀 옷을 입은 어머니와 푸른 옷을 입은 여자가 손을 잡고 걸어왔다. 그런데 그녀의 뒤로 또 한 사람이 겹쳐져 자꾸만 붉은 점이 모아졌다. 나는 그들이 한 사람인 것 같기도 하고 두 사람, 아니 세 사람인 것 같기도 해서 자꾸만 어두워지는 바다에서 눈을 거두지 못하고 쳐다보고 있었다.

다시 밤이 되었다. 달빛이 깔리면서 바다는 은빛으로 빛났다. 나는 이제 막 잠에서 깨어난 듯 두 눈을 비비며 내 눈앞에 펼쳐지는 바다를 바라보았다. 마치 다리미로 밀어놓은 것처럼 한 올의 골도 없는 바다가 내 눈앞으로 펼쳐져 있었다. 달빛 속으로 하늘의 큰 별이 몰고 온 무수히 많은 작은 별들이 내 가두리 안으로 쏟아져 여기저기 놀고 있었다. 나는 두 손으로 별빛을 움켜잡으며 기억 속에서 떨쳐 버리지 못한 사람들을 생각했다.

미름골

길은 다행히 험하지 않았다. 봄이 왔다지만 잎이 돋아나지 않은 나무들이 앙상한 가지를 흔들어댄다. 멀리 산 아래까지 풋풋하게 보리가 자라고 있는 밭은 시원스레 초록색 융단을 펼치고 있다. 차 한 대가 겨우 다닐 수 있을 정도로 닦인 길은 병풍처럼 둘린 산을 뒤로하고 죽은 듯 고요하다.

어디서부터 잘못 들어온 길인 줄 모른다. 큰길에서 좌회전을 하고 들어온 것까지는 맞는 것 같은데 삼거리를 지나면서 길을 놓쳐 버린 것 같다. 샛길이 여럿 보였는데 그중 하나인가? 이대로 길을 못 찾는다면 아이들도 만나지 못하고 돌아가야만 될 텐데. 찾지 못한 길을 생각하니 머릿속이 자꾸만 복잡해졌다. 처음부터 잘못이었다. 다같이 모여 가정방문을 함께 다니자는 의견에 동의하지 않았던 것이 불찰이다. 알지도 못한 길을 혼자 나선 것이 그만 무모한 행동이 되어버렸다.

어떡하지. 어디까지 가서 차를 돌리지. 아이들에게 동네 입구에서 놀고 있으라고 그렇게 말했는데도 아무도 보이지 않는 걸 보면 정말 잘못 찾아온 모양이다. 도대체 아이들은 어디에서 놀고 있을까?

나는 클랙슨을 한 번, 두 번, 길게 눌러보았다. 하지만 어디에서도 아이들은 모습을 나타내지 않았다. 어떻게 해야 할까. 이 길로 계속 간다면 산으로 올라가는 길이 있을 뿐 마을은 없어 보인다. 창문을 열고 난감한 얼굴로 밖을 응시하고 있는데, 먼 곳으로부터 기침소리가 들려온다. 노랑색과 검정색 옷을 입은 사람 둘이서 느린 걸음으로 걸어오고 있다. 나는 느긋하게 그들을 기다리지 못하고 차를 움직여 가까이 다가갔다. 차에서 내려 인사를 건네자 노랑 점퍼를 입은 남자가 고개를 끄덕이며 아는 체를 했다.

"미름골 가는 길이 어디예요?"

목소리가 높았다. 나이가 들어 보이는 검정 옷을 입은 남자는 그런 나를 쳐다보며 뜨악한 표정을 지었다. 길을 묻는 내 모습이 조급하게 보였으리라. 똑같은 손짓으로 자신들이 걸어온 길을 가리켰다.

"아이들이 기다리던데요."

둘 중 젊어 보이는 쪽, 노랑 점퍼가 큰소리로 말을 했다. 그렇지 않아도 길을 못 찾아 마음이 잔뜩 얼어붙어 있는데, 내가 선생인 줄 아는 이 사람은 도대체 누구인가? 나는 남자의 말 한 마디에 신경이 곤두섰지만 주변을 살피며 앞으로 나아갔다.

푸른 잎새 사이로 붉게 빛나는 동백 숲이 길 양옆으로 우거져 있다. 갑자기 나는 가서는 안 되는 곳을 가는 사람처럼 어깨가 무거웠다. 사람이 살지 않는, 살 수 없는 오지를 찾아가는 사람처럼 기분까지 암담해졌다. 어머니가 이런 내 모습을 본다면 속이 후련하다고 한마디 할 것이다. 집을 떠나오기 전 어머니는 나를 들들 볶아대었다.

"장애 아이들 공부 가르친다고 니 죄가 없어질 것 같으냐. 괜히 나하고 살기 싫어 가는 거지. 갈라면 정우 찾아내고 가라."

올해 도시권 만기가 되어 벽지학교로 발령을 받은 것은 3월 초였다. 꽃샘추위 때문에 두터운 겨울옷을 입고 부임을 했다. 한겨울보다 더 춥다는 생각을 하며 짐을 챙겨 나오는데, 어머니의 샐쭉한 표정은 현관문을 나설 때까지도 풀어지지 않고 있었다. 마치 내가 일부러 벽지학교로 지원해서 가는 것처럼 싸늘하게 대했다. 학교는 읍에서도 차로 한 시간을 더 들어가야 하는 산골이었다. 집에라도 한 번 다녀오려면 한나절이 족히 걸려 주말마다 가기도 힘들었다. 그동안 어떻게 사느냐고 전화 한 번 하지 않는 어머니. 나에 대한 서운함이 끝이 없는 모양이다.

이런저런 생각에 서러움이 왈칵 치밀어 올랐다. 나는 착잡한 심정으로 동백 숲이 우거진 길을 지나 언덕을 넘어갔다.

마을은 그 안에 숨어 있었다. 대략 이십 호쯤 되어 보이는 집들이 산 밑에 옹기종기 모여 있다. 마치 바깥세상에 드러내기를 꺼려하는 것처럼 옅은 산안개가 마을을 감싸고 있다. 병풍처럼 둘러진 산, 우거진 나무들과 기암괴석들, 그 사이를 비집고 물이 흐르는 골짜기는 한 폭의 그림이었다.

나는 눈에 보이는 경치에 정신을 빼앗기다 어느새 마을에 들어섰다. 아이들이 마을 입구에서 그때까지 나를 기다리다 와! 소리를 지르며 한꺼번에 달려들었다. 한결같이 힘없어 보이던 아이들의 얼굴에 모처럼 웃음빛이 돌았다. 검은색 차광막을 두른 비닐하우스가 많이 보인다. 사슴 목장이라고 팻말이 붙어 있는 곳에 조각된 사슴뿔이 걸려 있다. 마을 회관 앞, 따뜻한 양지쪽에 앉아 있던 노인들이 나를 무연하게 쳐다봐 학교에서 가정방문 나온 선생이라고 인사를 했더니 아무런 대꾸 없이 고개를 돌린다. 나는 갑자기 묘한 기분에 휩싸였다. 시간이 멈춰버린 듯한 마을은 괴기스러울 정도로 적막하기만 하다.

"그 동네가 유별나게 정신 나간 사람들이 많아요. 어른 아이 할 것 없이 열댓 명이 넘을 걸요. 멀쩡했던 사람들도 그곳에만 들어가면 조금씩 이상해진다고 하더라고요. 가족 모두가 정신장애를 가지고 있는 집도 서너 집은 된다나 봐요. 우리 학교만 해도 특수반 아이들 일곱 중에 네 명이 그 동네 아이들이에요."

마을 사정을 자세히 알고 있는 선생님에게서 들은 말이 떠오르자 나는 새삼 쫓기는 사람이 됐다.

언니야! 언니야!

환청일까? 정우의 목소리가 들린다. 나를 부른다. 진희 집에 발을 들여놓은 순간 나는 분명 들었다. 진희의 생김새가 정우를 닮아서일까? 넘어질 듯 위태위태하게 걸음을 걸으며 까만 눈만 말똥거린 채 그저 웃고만 있는 진희. 아홉 살 정우의 모습이다. 마루에 앉아 다리 한쪽을 긁고 있는 진희 엄마에게서도 정우의 스무 살적 모습이 어른거렸다.

정우와 늘 함께였던 나의 삶. 마음 한구석에선 나를 찾고자 하는 외침이 있었지만 꼭 주눅 들린 사람처럼 자신을 누르며 살아왔다. 이곳으로 발령이 나자 마음 한편으론 얽매였던 삶에서 자유롭게 되었다고 좋아도 했는데, 처음의 생각과는 달리 점점 무력감에 빠져들고 있다. 정우가 떠오르자 서늘한 기운이 등줄기를 타고 흐른다. 나는 처연한 기분이 들어 가정방문을 그만하고 싶었지만 애써 마음을 다독이며 마을을 돌아다녔다.

한낮에는 봄기운이 선연한 날씨이더니 오후가 되자 아직 끝나지 않은 겨울은 찬바람을 몰고 왔다. 가정방문을 끝내고 돌아오는 길, 몇백 년은 될 성싶은 소나무들이 빽빽하게 둘러싸여 있는 울타리 너머로 연회색 건물이 보인다. 차 안에서 고개를 내밀고 바라보니 폐교다. 방향을 바꿔 오른쪽으로 접어 운동장으로 들어갔다. 여기저기 마른 억새들과 작년 가을 떨어진 낙엽들이 썩지도 않고 바람 부는 대로 뒹굴었다. 따뜻한 양지쪽 가장자리에는 푸르스름한 새싹들이 올라오고 있다.

나는 차에서 내려 운동장을 걸었다. 운동장 가의 놀이기구들이 색이 벗겨지고 녹이 슨 채 방치돼 있다. 소녀의 독서상도 먼지를 뒤집어쓰고 앉아 있다. 눈앞에 펼쳐져 있는 들판을 쳐다보았다. 외로움과 적막감이 몸 안으로 스멀스멀 파고들었다. 서쪽 하늘로 넘어가던 태양이 마지막 빛을 모아 세상을 붉게 물들인다. 나는 채광에 반사되어 돌아온 빛을 손차양을 만들어 가리며 현관 앞으로 걸어갔다. 교무실로 사용했을 것 같은 교실에 블라인드가 그대로 달려 있다.

살며시 현관문을 밀어보니 문이 그대로 열린다. 아직 아이들의 흔적이 남아 있는 복도에는 벽보들이 찢겨진 채 붙어 있다. 현관을 돌아서자 좌우로 길게 늘어선 복도의 침묵이 음침하기조차 하다. 복도의 끝머리쯤 열려 있는 문틈으로 서쪽 하늘을 물들인 석양의 붉은빛이 어렴풋이 스며든다.

아이들이 떠난 학교에 사람들이 살고 있다. 누굴까? 요즈음 폐교를 개소해 작업실이나 전시장으로 이용하고 있다는 말을 듣기는 했지만, 누가 이 깊은 산골짜기까지 들어와 살고 있는 것일까. 나는 무례를 범했다는 생각과 잘못 들어왔다는 두려움이 들었다. 다시 나가기 위해 막 돌아서서 두어 걸음 떼어놓았을 때다. 인기

척이 났다. 어스름이 깔려 있는 복도로 소리를 내며 걸어오는 사람. 미름골로 가는 길을 가리켜 준 노랑 점퍼를 입었던 남자다.

"오셨으면 들어오시지 왜 가십니까? 들어오세요."

두리번거리다 무안해진 내가 서둘러 나가려고 하자 남자가 계속 말을 잇는다.

"사람들이 많이 오는 곳이니 들렀다 가세요. 선생님은 왜 혼자 다니나요?"

왜 혼자 다니냐는 말이 나를 당황스럽게 만든다. 남자가 현관에 있는 전등 스위치를 올렸다. 남자의 얼굴이 형광등 빛에 창백한 빛을 띤다. 나는 갑자기 가슴이 두근거렸다. 남자가 무표정한 얼굴로 안으로 들어오라는 듯 고갯짓을 한다. 교실에는 북이며 장구, 징들이 가지런히 정리되어 있었다. 꽹과리에 소고며 가야금도 보인다. 교실은 더웠다. 뜨거운 열기에 몸이 풀어져 의자에 풀썩 주저앉듯 앉았다. 이곳을 나가야 한다는 불안감에 어쩔 줄 모르면서도 한편으로는 남자에 대한 호기심도 발동했다.

남자가 커피포트에서 김이 나는 물을 한 잔 따라주었다. 물을 건네주는 남자의 손이 곱게 생긴 얼굴과는 다르게 무척 크고 억세 보였다. 물은 뜨겁지 않고 마시기에 적당했다. 이 남자는 누구인가? 북을 치고 징을 치는 이 남자는 누구인가? 궁금했지만 먼저 묻지 않았다. 물을 한 모금 마시고 나자 나는 비로소 차분해졌다.

"왜 이곳까지 들어와서 사느냐고 묻고 싶으시지요?"

남자가 먼저 말을 건넸다. 그랬다. 남자의 삶이 갑자기 궁금해졌다. 옷은 허술하게 입었어도 생김새나 말씨가 이 깊은 산골 미름골에는 어울리지 않는 것 같아 의아스럽기도 하다.

"이곳 미름골 정말 아름답지요? 마을 입구에서부터 빙 둘러 성벽을 쌓듯 감싸고 있는 산. 경치가 얼마나 아름답던가요. 저는 마을에 들어서면 눈이 부셔서 숨이 멎고 할 말을 잊어요. 굽이굽이 흐르는 골짜기의 물. 하늘이 보이지 않을 정도로 우거진 숲. 사람들의 발길이 닿지 않아 자연 그대로 살아 숨쉬는 비경들이 구석구석 많이 있어요. 그래서 아주 오랜 옛날부터 미름골에 한번 들어오면 떠나지 못하고 주저앉아 살아버린 사람들이 많답니다. 제가 재미있는 이야기 하나 할게요. 저 산꼭대기에 벼슬깨나 하던 선비들 묘가 많답니다. 아름다운 경치에 발목을 잡혀 떠나지 못하고 살다 죽었거나, 죄를 짓고 귀양 와서 술로 세월만 보내다가 죽은 선비도 있어요. 그 양반들이 이곳에 살면서 무엇을 했겠어요? 양반입네 행세하며 가무나 즐기고, 시를 짓고, 그림을 그리며 그렇게 여생을 보내다가 죽었겠지요. 그런데 아직도 무슨 미련이 남았는지 그 혼백들이 낯백 년이 지난 지금도 달 밝은 밤이면 산에서 내려와 노래를 부르고 춤을 추며 시를 읊는다고 합니다."

전설 같은 이야기를 하던 남자는 잠시 무슨 생각을 하는지 눈을 감았다 뜨더니 하던 이야기를 계속했다.

"선생님도 아시겠지만 미름골엔 정신을 반쯤 놓아버린 사람들이 많이 살고 있어요. 사람들이 살고 있어도 사람 소리가 나지 않는 곳입니다. 마을사람들이 말하기를 몇백 년 동안 그 혼백들에게 기를 뺏겨 정신 나간 사람들이 많아졌다고 합니다. 나는 우리 마을 사람들이 잃어버린 것들을 찾아주고 싶어 이곳에 왔어요. 어머니와 형이 미름골에 살고 있거든요.”

순간 나는 육체와 정신이 별개인 것처럼 보였던 미름골 사람들을 떠올리며 남자에게 물었다. 인간은 누구도 다른 사람을 대신할 수 있는 존재가 아닌데 하물며 영혼의 존재를 믿느냐고.

“저는 혼이 있다고 생각해요. 동네가 싫다고 나갔던 사람들이 다시 들어오고는 한답니다. 누군가 자신들을 부른대요. 그들은 미름골에서 사는 것이 편하다고 했어요. 이곳에서는 서로를 이상한 눈으로 쳐다보는 사람이 없거든요. 소문을 듣고 일부러 살려고 찾아 들어오는 사람들도 있어요. 내가 굳이 마을 사람들에게 사물놀이를 가르치는 이유도 그들이 세상을 자신 있게 살 수 있도록 기를 넣어주고 있는 겁니다. 우리가 치는 악기 소리들이 저 산꼭대기까지 올라가 온 세상에 퍼지도록 꽹과리를 치고, 징을 울리며, 북 치는 걸 가르쳤어요. 사물놀이를 할 때만은 정상인들 못지않게 잘하고 더 신명나게 하지요. 혹시 보고 싶으면 달 밝은 날 운동장으로 오세요.”

어느 곳에서도 들어볼 수 없는 소리를 들을 수 있다고 했다. 그런 밤이면 마을 사람들이 잠을 자지 않고 저녁내 풍악 소리로 밤을 지새운다고.

남자의 이야기를 듣고 있던 나는 갑자기 정신이 혼미해졌다. 꼭 무엇에 홀린 사람처럼 남자에게 빨려 들어가고 있는 나 자신을 느꼈다. 나에게도 정우와 같은 피가 흐르고 있는 것일까?

불임수술을 시키기 위해 정우를 산부인과로 데리고 간 것은 정우가 세 번째 임신을 해서 낙태수술을 한 후였다. 정우에겐 유독 남다른 구석이 있었다. 나이 스무 살이 되기 전부터 멀쩡한 남자들이 접근했다. 장애를 안고 사는 정우에게 상처가 될까 봐 남자를 만나지 못하도록 어머니가 옆에 지키고 있어도 어떻게 하든지 밖으로 나갔다. 주기적이었다. 한 번 나가면 보름쯤 돌아다니다 집으로 들어왔다. 돌아오면서 옷가지며 과자를 한아름 안고 남자와 같이 들어온 것도 매번 똑같았다.

불쌍하니 제가 데리고 살겠습니다. 절대 버리지 않겠습니다. 그들은 한결같이 같은 말로 어머니를 안심시켰다. 그러나 정우를 평생 데리고 살겠다던 남자들은 한 달을 넘기지 못하고 떠나가 버렸다.

방과 후 과외활동에 사물놀이반을 신설한다고 했을 때 나는 혹시 그 남자가 아닐까? 하는 마음이 들어 괜히 설렜다. 선생님들은 마을 사람들 중에서 아이들을 체계적으로 가르칠 사람이 있겠느냐고 교감에게 반문했다.

"염려 마세요. 이 근방에서 알아주는 전문가가 가까운 미름골 폐교에 살고 있어요. 군에서 하는 사물놀이나 민속놀이도 그분이 지도하고 있는데, 부탁만 하면 밤낮을 안 가리고 어디든지 달려가는 사람이에요. 온통 한 가지 일에만 집중하고 그 일에 빠져 사는 사람들 있잖아요."

교감은 걱정일랑 붙들어 매라고 했다. 농담 반 비슷하게 했지만 나는 그가 폐교에서 만난 사람일거라고 믿으며 내심 그를 기다렸다.

며칠 뒤에 남자가 나타났다. 나는 두근거리는 가슴으로 반갑게 아는 척했다. 하지만 그는 나를 그저 처음 만나듯 대했다. 같이 온 사람들과 북, 장구, 징 그리고 꽹과리를 하나씩 치면서 아이들에게 둘러싸여 있는 남자. 장구를 앞에 놓고 궁채와 열채를 설명하는 남자는 그때 폐교에서 열에 들떠 옛날이야기를 풀어놓던 사람이 아니었다.

"악기들은 다 제 목소리가 있어요. 이 세상이 음과 양의 조화로 이루어지듯 악기들도 조화를 이뤄야 좋은 소리가 난답니다. 사물놀이는 풍물놀이에서 나온 것이지만 제 몫이 있습니다. 북은 구름을 나타내고, 꽹과리는 번개, 징은 바람, 장구는 소나기를 나타내는 악기입니다. 이 장구 소리를 들어보세요. 음과 양을 상징하는 악기이지요. 왼편과 오른편이 소리가 다릅니다."

선생님들과 아이들 앞에서 차분한 목소리로 진지하게 사물놀이를 설명하던 남자는 일주일에 한 번씩 와서 아이들을 지도해 주겠다고 약속하고 돌아갔다.

나는 돌아가는 남자의 뒷모습을 바라보며 점점 그에게 끌려가는 자신을 느꼈다. 장구를 치던 남자의 모습이 눈앞에 어른거리며 장구 소리가 가슴으로 파고들어 벌써 그가 그리워졌다. 나는 문득 남자가 보름달이 뜰 때면 미름골에서 사물놀이를 한다는 말이 생각났다.

달빛 비치는 들판은 푸르다 못해 막 갈아놓은 먹빛처럼 윤기가 난다. 차를 운전하며 밤길을 달리면서 나는 조바심이 났다. 자꾸만 장구를 치던 남자의 모습이 클로즈업되어 나를 흥분시켰다. 들판 길을 지나 폐교로 들어가는 삼거리에서 나는 되돌아가기 좋게 차를 주차시키고 살금살금 폐교로 걸어갔다.

달빛이 비친 운동장에 사람들이 모여 있다. 손에 저마다 악기들을 하나씩 들고, 몸에는 오색 끈을 둘러맨 채 떠오른 달을 보며 환호성을 지른다. 나는 마을에서 보았던 초점 없던 눈빛을 떠올리며 어둠 속에 서 있는 사람들을 쳐다보았다. 사람들이 달라져 있었다. 눈빛들이 빛나고 있다. 웃음으로 반쯤 감긴 실눈을 뜨고, 얼굴에 푸른 반점까지 있는 진이 엄마가 제일 먼저 눈에 띈다. 누구에게나 실실 웃으며 따라다니는 진이 옆에 언젠가 한 번 본 적이 있는 진이 아빠도 꽹과리를 들고 서 있다.

남자가 시작을 알리는 징을 크게 울리자 기다렸다는 듯 사람들이 일제히 소리를 지른다. 꽹과리가 놀고, 장구가 놀며, 북이 논다. 어린 진이도 소고를 치며 따라다닌다. 진이 엄마는 북을 어깨에 메고, 한 손으로 북을 치며 성치 못한 다리를 부리나케 움직여 뒤를 따른다. 꽹과리를 치며 뛰어다니는 진이 아빠, 또 다른 사람들도 저마다 장구며 북과 징을 쳐대며 한 덩어리 되어 어울리고 있다.

"어—이, 어—이 어—이."

목이 터져라 소리 지르며 사설을 늘어놓고 있는 사람들.

나는 마치 소리에 전염되어 버린 듯 나도 모르게 정우를 불렀다. 내 안에서 간절하게 소망하고 있는 것. 그것은 정우에 대한 아픔이었다. 오랜 세월 삶의 생채기 같은 것. 신들린 듯한 모습으로 소리를 지르고 뛰어다니던 남자가 신명나게 장구를 친다. 그는 때로 장구 속에 숨어버린 듯 모습은 보이지 않고 장구 소리만 들리기도 했다. 달빛 아래 놀고 있던 사람들이 다들 삼채 장단으로 넘어가 따로따로 놀기도 하고 다시 어우러지기도 한다.

달빛에 비치는 사람들의 모습이 무척 아름답다. 뛰어다니며 춤추는 모습이 그림자가 되어 운동장에 어른거린다. 정우를 부르던 내가 그들의 무리 속으로 들어간 것은 순간이었다. 나는 나를 잡아끄는 정우를 따라다니며 신명나게 춤을 추었다. 요의를 느낀 여자들이 운동장 한쪽에 아무렇게나 엉덩이를 내리고 오줌을 누고 있다. 하얗고 풍만한 살빛을 보자 나도 따라 옷을 내렸다. 정우가 창피하다고 숨기고자 했던 내 무력함. 사회의 규범 때문에 얽매인 욕망. 나는 모든 것을 버리고 다시 살아난 듯 그들과 같이 소리 지르며 그들 틈에서 시원함을 느꼈다.

한마당 소리가 점점 작아지자 장구 속에서 모습을 나타낸 남자가 내 손을 잡더니 무리에서 끌어낸다. 환각 속에 빠져 미처 감정을 추스르지 못하고 들떠 있던 나는 신명나는 자리를 쉽게 떨쳐버리지 못하고 아쉬운 마음으로 남자를 따라 나섰다. 형체가 보이지 않는 소리로 잃어버린 정신을 찾아보겠다는 사람들. 그 속에 하나가 되어 나도 그들처럼 중얼거리며 밤새 뛰어다니고 싶었다. 남자가 내 손에 꽹과리를 하나 들려주며 손을 잡았다. 힘 있고 참 따뜻하다.

"어머니는 내게 이 마을에 절대 내려오지 말라고 했지요. 어렸을 적 고향을 떠나 서울에서 자리를 잡은 아버지가 명절 때 고향에 다니러 와서 쓰러졌어요. 깨어나서도 정신을 못 차렸는데 그때 아버지를 따라왔던 형도 열병을 얻더니 형까지도 이상해졌어요. 어머니는 모든 걸 포기하고 두 분을 모시고 살려고 이곳으로 내려오셨어요. 형과 처지가 같은 여자를 소개받아 형을 결혼시키고 아버지가 돌아가시자 아예 이곳에 눌러앉은 거예요. 집안마다 그런 사람들이 많이 있기 때문에 살기가 편했지요. 어머니는 나를 보고 외삼촌의 아들로 살아가라고 했지만 나는 그렇게 살 수 없었어요.

자꾸만 나도 누군가 이곳으로 부르는 거예요. 어른들 말로는 조상
들 묘를 찾아 이장을 해야 모든 게 풀어진다고 해 마을 사람들과
산꼭대기에 올라가 보기도 했지만, 나무숲에 숨어 있는 무덤을 발
견하기가 쉬운 일이 아니었어요. 묵은 묏이 돼 버려 찾을 수가 없
어요.”

　나는 아무 말도 하지 않았다. 차가 있는 곳까지 걸어가며 옆에
따라오는 남자를 밀어내지 않았다. 영원히 계속되고 싶은 순간이
었다.

　아침 여섯 시가 되면 밀고 들어오는 여명 때문에 잠을 잘 수가
없었다. 문을 열고 밖으로 나오니 산허리에 안개가 걸려 있는 것
이 보였다. 한 시간쯤 후, 안개가 걷히기 시작하면 이른 아침부터
아이들이 몰려오기 시작할 것이다. 통학차를 타고 오는 미름골 아
이들이 제일 먼저 운동장으로 들어서면 진희 웃음소리가 사택 앞
까지 들려오고, 내가 살고 있는 방을 알고 있는 아이들은 그 앞까
지 몰려와 산에서 꺾은 진달래를 한 아름 두고 갈 것이다.

　지난 주말 나는 한 달여 만에 집에 갔다. 그러나 현관문을 열고
들어선 순간 마치 낯선 곳에 발을 들여놓은 것처럼 모든 게 생소하
기만 했다. 어느 곳에서도 내가 꾸미고 살았던 집 안의 모습은 찾
아볼 수가 없었다. 집 안 구석구석에서는 어머니 냄새만 물씬물씬
풍기고 있었다. 어머니는 여전히 정우를 찾아 돌아다녔고 오랜만

에 만난 나에게 눈길조차 주지 않았다.

어머니는 아버지 기일을 모시는 일도, 명절이면 성묘를 하러 가는 일도 없었다. 나는 철이 들어서야 돌아가신 아버지에 대한 어머니의 태도가 기이하게 생각되어 물어보았다. 어머니는 아버지의 묘가 없다고 했다.

"묘가 없다니, 무슨 말이에요?"

"화장을 해서 바다에 뿌렸어. 아버지의 뜻이야."

어머니는 더 이상 말을 못하게 한 마디로 일축했다.

자신이 지녔던 물건들은 물론이고 정우나 내가 입은 옷 한 가지도 함부로 버리지 않고 모아두는 어머니인지라 아버지의 유품이나 사진이 없다는 것이 참 이상하기는 했었다. 그런데 아버지의 죽음이 병사가 아니라 자살인 것을 알게 된 것은 십여 년 전 정우를 잃어버리고 나서이다.

한 치의 흐트러짐 없이 숨 막힐 정도로 결벽증이 심한 어머니의 성격은 저절로 만들어진 것이 아니었다. 한 가지가 의심스러우면 그 일을 해결할 때까지 열 번이고 스무 번이고 파고들었다. 어느 날, 하나부터 열까지 간섭을 하고 드는 어머니의 행동에 속이 상할 대로 상한 내가 방에서 울고 있자 마침 다니러 왔던 이모가 무덤덤한 얼굴로 말했다.

"니 고모에게서 옛날에 들은 이야기인네, 니 이머니는 시집을 와서 첫날밤에 소박을 맞았단다. 니 아버지가 신혼 첫날부터 이불로 금을 긋고 한 달 동안을 곁에 오지도 못하게 했다나. 할아버지께서 아버지가 좋아했던 여자와 결혼을 반대하고 어머니하고 시키자 어머니를 냉대한 모양이야. 어머니는 그 일이 한이 되어 두고두고 아버지를 의심하고 들볶았어. 아버지가 자살을 한 것도 어머니의 억측이 아버지를 몰아붙인 거라고 니 고모가 원망하드라. 니 어머니는 자기 잘못은 생각도 못하고 그렇게 돌아가신 남편만 더 원망하고 살았어. 남을 못 믿고 사는 것도 아마 그 상처 때문일 거야. 매사를 부정적으로 보고 사람을 의심하는 병. 더구나 몸이 성치 않은 정우를 낳고는 괜한 자책감에 피해의식만 생긴 거지. 눈에 보이는 장애만 장애가 아니다. 니 같아도 정신이 온전했겠냐. 조금만 이해해라.”

나는 이모의 말에 충격을 받았다. 어머니에게 끝없이 무엇인가를 의심하지 않으면 살 수 없는 묘한 구석이 있다는 것은 느끼고 있었지만 아버지가 자살을 했다는 말은 내게 큰 상처였다.

“정우 찾아와. 니가 일부러 버린 것 내가 다 안다. 누가 끌고 가서 어디다 팔아버렸는지, 아니면 죽었는지. 정우 찾을 때까지 따로 나가 살란다.”

정우가 떠났다는 것을 인정하지 못한 어머니는 십여 년을 한결같은 말로 나를 질리게 만들었다.

여느 때보다 아침이 조용하다. 너무 고요한 정적이 마음을 설레게 한다. 나는 눈을 뜨고 벽에 걸린 달력을 보며 날짜를 세어 보았다. 이곳에 온 지 이제 겨우 한 달이 지났을 뿐이다. 그런데 왜 이렇게 몇 년이 흐른 것 같을까? 어젯밤 나는 무엇에 홀린 사람처럼 그들과 어울려 춤추고 소리를 질렀다. 지난밤을 생각하자 나는 얼굴이 붉어졌다. 그러나 내 몸은 이미 나를 벗어나 버린 듯 가벼워진 느낌이다.

해가 지는 시간부터 내 가슴은 떨렸다. 마치 자석이 끌어당기는 것처럼 나도 모르게 미름골로 향했다.

급한 굽잇길을 돌 때마다 산그림자가 어둠 속에 나타나 시야를 가렸다. 오늘밤에도 달은 밝을 것이다. 마음 한편으로 이래도 되는 건지, 나 자신에게 잘못하고 있는 건 아닌지 망설임도 있었지만 머릿속은 온통 장구를 치던 남자의 모습만 어른거렸다. 이상한 끌림과 이상한 생기였다.

밤의 들판은 고요하다 못해 바람 한 점 없다. 나무들의 그림자만 어른거린다. 나는 낯설지 않은 익숙한 풍경에 이끌려 미름골로 가는 일이 당연하게 생각되었다.

붉게 충혈된 남자의 눈빛이 뜨겁게 다가온다. 남자를 만난 나는 무슨 말이든지 해야 했시만 그보다 앞서 그는 징과 북이 되고 장구가 되어 나에게 다가왔다. 그리고 그는 북을 가슴에 안듯 나를 감싸 안았다. 뜨거운 열에 풀려나지 못하고 있던 나도 남자에게 그대로 끌려갔다. 그는 두 손으로 북을 두드리듯 천천히 나를 애무

했다. 그러다가 꽹과리를 치듯 내 몸에 붙은 뼈 마디마디를 꺾어 내려갔다.

 어머니가 정우를 데리고 산부인과를 찾아갈 때마다 정작 구역질을 한 사람은 나였다. 정우를 따라 집에 들어와 살던 남자들은 오직 한 가지 욕망에만 관심이 있어 힐끗거리는 눈으로 나를 쳐다보고는 했다. 때로는 한밤중에 내 방문을 두드리기도 했던 정우의 남자들. 잠긴 문을 확인하고도 잠을 못 이루어 밤을 지새운 나날들. 어머니로부터 잘 얻어먹고 용돈까지 얻어 쓰다 제풀에 지쳐 떠난 정우의 남자들. 남자가 떠나고 나면 또 다른 남자를 따라나선 정우.

 남자를 받아들이는 내 몸에서 신명나는 소리가 울리며 몸이 허공으로 떠오른다. 딱딱하게 굳어 있던 내 몸이 열리고 있다.

 갑자기 덩 덩 쿵 덩 쿵, 휘모리장단이 나오다가 쿵덕쿵덕, 쿵덕쿵덕 하는 가락이 들려온다. 헝클어졌던 소리들이 쩍쩍 달라붙으며 모아지기 시작한다. 달이 높이 떠오르자 운동장에서 사물놀이가 시작된 모양이다.

 사물놀이의 장단이 바뀔 때마다 나를 안고 있는 남자의 몸동작도 달라지고 있다. 블라인드 사이사이로 스며든 달빛에 남자의 얼굴이 어렴풋이 드러난다. 남자의 몸에서는 징 소리가 나다가 장구 소리가 나기도 한다. 잡고 있는 손끝의 감미로움. 징 채가 된 남자가 나에게 들어와 힘 있게 나를 두드린다. 나는 부끄러움도 잊고 소리를 지르며 그를 붙잡았다. 세상에 태어나 처음으로 불꽃같은 환희를 느끼며 깊은 나락으로 떨어졌다. 북 끈을 조여 매듯 감싸 쥐고 있던 두 팔이 풀리더니 남자는 부드러운 손길로 나를 다독거리다 장구를 품에 안듯 다시 나를 꽉 안았다. 온통 땀으로 젖어 있는 남자의 얼굴이 달빛에 비쳐 아름답다. 잡고 있던 내 손을 뿌리치고 행복한 얼굴로 남자를 따라가던 정우의 웃는 모습이 창밖으로 어른거린다.

사물놀이의 장단이 짝드름으로 돌아간다. 나를 안고 있던 남자가 아쉬운 목소리로 말을 한다.

"오늘밤 조금 있다 쥐불놀이를 할 거예요. 운동장에 작년에 피었다 져버린 억새와 나무 삭정이들이 많이 있어요."

돌아오는 길, 큰길을 나설 때 폐교가 있는 밤하늘로 불꽃이 올라오며 연기가 피어올랐다. 나는 남자가 했던 말을 떠올리며 지금쯤 쥐불놀이를 하는 모양이라고 생각했다.

한참을 오다 뒤를 보니 밤하늘을 수놓은 불꽃은 산을 타고 올라가고 있었다. 뜨거운 열을 받은 바위들이 펑펑 튕기는 소리와 나무들이 우지직 부러지는 소리가 크게 들렸다. 불꽃은 갈수록 더 훨훨 다오르고 언기도 많이 피어올랐다.

밤바람이 아직 차가웠지만 나는 밤늦도록 사택문 앞에서 미름골 쪽 하늘을 바라보았다. 나무가 우거졌던 산에서 붉은 불기둥들이 하늘로 치솟아 밤하늘에 춤을 추고 있었다. 아직 남아 있는 겨울

바람이 매섭게 불었다.

내일 아침이면 쥐불놀이는 끝이 날 것이다. 그렇게 밤을 보내고 나면 그들은 다시 제자리로 돌아갈 것이다. 잠을 자고 싶었다. 나는 방으로 들어와 두 팔을 가슴에 얹고 잠이 들었다.

웅성거리는 소리와 함께 눈 위로 환한 빛이 느껴진다. 잠에서 깨어난 나는 손에 들고 있던 물건을 깨뜨린 것처럼 두 손이 허전해졌다.

남자와 산을 올라가는 꿈을 꾸었다. 길섶에 고만고만한 풀꽃들이 하늘거려 그 작은 이파리에 눈길을 주면서 산길을 걸었다. 한가닥 실바람에 아련하게 들려오는 꽹과리 소리. 폭포가 보인다. 나는 남자의 손을 잡고 그 아래로 스며들었다. 북 소리 장구 소리가 들리자 남자가 춤을 추기 시작했다. 주위를 맴돌던 물안개가 남자를 감쌌다. 폭포 속으로 사라지는 남자. 나는 남자의 옷깃을 잡았다. 손 안에 사람의 형체는 없어지고 옷만 잡힌다.

아! 한숨소리. 제 소리에 놀라 나는 스스로 잠을 깨고 말았다.

"폐교가 불이 나서 다 탔대요. 뒷산까지 불이 붙어 아침까지도 불을 끄고 있어요. 다들 무사하다는데 진이 삼촌만 보이지 않는대요."

밤이 되었다. 여전히 달이 뜨고 있었고 달빛은 야금야금 창문으로 스며들더니 가슴께로 파고든다. 가깝고 먼 곳에서 달빛을 타고 장구 소리가 나를 부르고 있다. 물 한 모금 넘기지 못하고 종일 누워만 있었던 나는 아무 일도 없었던 것처럼 자리에서 일어났다. 장구 소리에 몸이 갑자기 생기를 되찾은 듯 가슴까지 파닥거린다.

달빛이 밤길을 안내한다. 나는 달빛 아래 몸을 숨기지 않고 낯익은 길을 달려간다. 눈을 감고도 찾아갈 수 있는 길. 손에 가볍게 챙겨든 꽹과리가 발걸음을 재촉한다.

남자가 치는 장구 소리가 귓전을 울린다. 미름골 어디에선가 남자가 나를 부른다. 바람의 드나듦이 없는 골짜기. 밀고 들어오는 바람을 내보내지 않는 미름골. 그곳 어디쯤에 남자는 있을 것이다. 나는 들고 온 꽹과리를 치기 시작한다.

비둘기

이번에는 정말 결판을 내야겠다. 살이 찐 엉덩이를 뒤뚱거리며 붉은색을 칠한 것 같은 짧은 다리로 교실 난간을 오가는 꼴도 매달리는 꼴도 보기 싫다. 여자는 비둘기의 수가 정확하게 이백스물네 마리라고 했다. 한두 마리도 아니고 이백 마리가 넘은 놈들을 어떻게 일일이 다 세었는지, 그 숫자는 정확한 것인지 알 수 없지만 내가 보기에는 그놈이 그놈 같다. 여자가 놈들을 셀 때 정이 담뿍 담긴 눈빛과 목소리를 내듯이 나도 한껏 목청을 가다듬어 세어본다. 하지만 열 마리를 넘지 못하고 곧 포기하고 만다. 나는 숫자를 헤아리는 것을 그만두고 가만히 걸어 놈들의 무리 속으로 다가간다. 이미 길들여진 비둘기들은 사람이 다가가도 도망가지 않는다. 그중 한 놈을 붙잡는 것은 그리 어려운 일이 아니다. 통통하게 살이 쪄 게으르게 보이기까지 하는 놈들은 사람을 무서워하지 않는다. 한 마리를 붙잡아 품에 안는다. 비둘기 날갯죽지 아래로 가만히 손을 넣어본다. 물컹한 살집과 따뜻한 감촉이 전해져 온다. 순간 알 수 없는 적의가 온몸을 휘감아 돈다. 나도 모르는 사이 내 오른손은 비둘기의 날갯죽지 아래 살짝 패인 부분을 힘껏 누른다. 비둘기가 날개를 파닥거리며 발버둥친다. 그럴수록 내 손의 악력은 더욱 거세진다. 손끝으로 가느다란 희열마저 느껴진다. 비둘기가 내 손을 빠져나가기 전 나는 놈을 놓아준다. 놀란 비둘기는 힘없이 기우뚱거리다가 퍼덕이며 날아간다.

아침부터 안개가 낮게 깔리더니 몹시 덥다. 교실 창문을 다 떼어보지만 헛일이다. 바람은 없고 습하기만 하다. 옥상을 머리 위에 이고 있는 꼭대기층 교실은 유난히 열기가 심하다. 마치 한낮 햇볕 내리쬔 아스팔트 길 위에 서 있는 것 같다. 더구나 사방에서 풍겨오는 구린 냄새 때문에 오늘 같이 더운 날은 머리가 아프다. 아이들도 그렇고 나 역시 잔뜩 마음을 굳히고 놈들을 난간에서 쫓아내고 있는데, 여자가 원피스 자락을 질질 끌다시피 하며 교실로 들어온다. 그녀는 눈을 농그랗게 뜨고 허둥댄디.
　"김 선생. 날이 이렇게 더운데 비둘기들은 괜찮을까. 도저히 일이 손에 잡히지 않아서 왔어."
　여자의 큰소리에 아이들이 일제히 고개를 든다. 그녀의 등장으로 수업은 허리가 잘렸다. 자습이나 시키는 수밖에.

"나하고 같이 옥상에 좀 올라갈까? 시원한 물이라도 주고 와야지. 온몸에 털을 붙이고 사는 저것들이 오죽이나 덥겠어."

여자는 땀이 주르르 흘러내리는 목덜미를 손수건으로 닦아낸다. 두껍게 바른 파운데이션 위로 땀방울이 흘러내린다. 얼굴은 온통 땀으로 얼룩져 골이진 주름을 선명하게 만든다. 주름이 더 깊게 드러나기 전에 따라 나서야 한다. 더 이상 교실에서 주절대는 걸 듣고 싶지 않다. 물주전자를 들고 여자의 뒤를 따르는 내 등 뒤로 아이들의 시선이 느껴진다. 얼굴이 후끈 달아오른다.

여자가 발을 재게 놀리며 걸어간다. 비둘기를 보러 가는 여자는 애인을 만나러 가는 사람처럼 들떠 있다. 살이 쪄서 뒤뚱거리며 걸어가는 모습이 비둘기를 닮았다. 날씨가 아무리 더워도 안짱다리인 여자는 긴 원피스를 즐겨 입는다. 몸에 비해 유난히 비대한 엉덩이가 헐렁한 원피스 속에서 기우뚱거린다.

그늘 한 점 없는 슬래브 지붕은 열을 받아 마치 찜통 속에 들어온 것 같다. 날씨가 너무 더워 비둘기들도 어디 그늘을 찾아갔는지 그 많던 놈들이 별로 보이지 않는다. 여자는 불안한 모양 비둘기를 부르며 옥상을 돌아다닌다. 여자의 소리를 듣고 집 안에 있던 놈들이 구구구 소리를 내며 걸어 나온다. 비둘기 소리를 들은 여자의 얼굴은 화색이 돌았을 것이다. 땅거미가 엄습하는 저녁이나 비 오는 날, 저 비둘기 소리를 듣고 있으면 온몸에 소름이 쏴―

돋는다. 천식을 앓는 노인네의 가래 끓는 소리와 흡사해 한순간에 비위를 상하게 한다.

"불쌍한 것들 날개가 축 늘어졌구나. 이리와, 이 물로 목이라도 적셔라."

비둘기들은 영리하게도 여자의 발소리나 목소리를 구분해 낸 듯, 한꺼번에 날아오른다. 몸에서 떨어져 나온 먼지와 깃털들이 부옇게 일어난다. 그 사이에서 숨을 쉬려니 목이 콱콱 잠겨온다. 나는 거리를 두고 여자가 하는 냥을 지켜본다. 곱게 보이지 않는다. 학교 전체를 비둘기 집으로 만들어 놓고 나까지 끌어들여 비둘기를 돌보게 하니 좋을 리가 없다. 요즘 들어 나는 저놈들 때문에 하루도 맘 편할 날이 없다. 어쩌다가 여자에게 고삐를 잡혀 이렇게 시달리고 있는지 모르겠다.

비둘기 집을 옮겨준 건 내 잘못이었다. 그놈들이 하고많은 장소 중에 하필 우리 교실 창문 난간에 둥지를 틀었는지. 얼마 전, 볕이 따갑게 비치는 창문 난간에 둥지를 만들어 알을 낳아 품고 있기에, 나는 안쓰러운 마음에 볕을 피해 그늘진 귀퉁이 쪽으로 그 하얀 알들을 옮겨 주었을 뿐이다. 그런데 그 뒤로 비둘기는 다시는 알을 품지 않았다. 마치 눈이 멀어 아무것도 보이지 않은 것처럼 주위를 맴돌면서 둥지 옆에 오지 않고 쳐다보지도 않았다. 어미가 품어주지 않아 알은 그대로 썩고 말았다. 알 두 개가 고스란히 썩어 버리자 여자는 마치 뱃속에 든 제 새끼를 죽이기라도 한 것처럼 나를 미워했다. 만날 때마다 눈을 흘기며 혀를 찼다. 교실에 들어오면 난간에 싸질러 놓은 비둘기 똥을 치우지 않았다고 아이들 앞에서 소리를 지르기도 했다. 이제는 그것도 부족해 이 더운 옥상에 나까지 데리고 올라와 그놈들 먹이를 주자고 하니, 황당할 뿐이다.

나는 은근히 부아가 났다. 여자의 눈을 피해 발에 걸리는 놈을 사정없이 걷어찼다. 놈은 제자리에서 기우뚱하며 뒹굴더니 다시 일어난다. 여자의 비대한 엉덩이가 눈앞에 어른거린다. 불규칙한 발자국 소리가 환청처럼 들린다. 발끝에 힘을 풀고 교실로 돌아왔다. 더위가 후끈 밀려온다.

아이들을 하교시키고 앉아 있는 동안에도 비둘기들 울음소리는 사방에서 들려온다. 낮고 탁하게 '구 구, 쿠— 쿠—' 하고 우는데 뒤의 두 음절이 더 높고 빠르다. 우는소리가 마치 깜깜한 동굴 속으로 들어가 길을 못 찾고 헤매는 것처럼 애처롭다. 나도 모르게 울음소리에 취해 가는지 갑자기 조용해져 아무 소리도 들리지 않으면 괜히 창 밖을 내다보고 그놈들을 찾아본다.

퇴근을 하기 위해 서둘렀다. 마침 체육시간에 입었던 운동복을 갈아입어야 되겠기에 바지부터 벗고 있는데 창문에서 타닥거리는 소리가 들리며 어두운 그림자가 어른거린다.

"저놈의 비둘기 새끼가"

깜짝 놀라 나도 모르게 소리를 질렀다. 비둘기 한 마리가 두 눈을 굴리면서 창문에 붙어 있다. 나는 마치 못 보일 것을 보인 것처럼 당황해 비둘기를 향해 책상 위에 놓여 있던 책을 집어 던졌다. 놈은 놀라지도 않고 책을 피하며 여유 있게 난간을 쪼르르 미끄러져 간다.

갑자기 남편의 눈이 생각난 것은 웬일일까. 큰 눈만 말똥말똥 한 채 몇 시간을 멍한 눈길로 앉아 있던 남편. 술이라도 한잔하면 그때야 얼굴에 생기가 돌아 눈을 반짝거리며 집 안을 빙빙 돌고 다녔던 사람이다.

어느 날, 퇴근을 하고 오니 방 안에 남편의 옷이 하나도 없었다. 신혼살림을 차릴 때도 옷이 담긴 가방 하나에 두 눈이 감긴 듯 웃고 있는 양반탈 하나만을 챙겨들고 와서 나를 놀라게 했던 사람이다. 그런 남편이 결혼 석 달 만에 옷 몇 가지와 읽고 있던 책, 그리고 방에 걸어두었던 탈을 들고 말 한마디 없이 어디론가 가버렸다. 집안 어른들이 남편의 가출은 오랜 습관이라고 말했다. 하지만 혼자 남겨진 나는 갑자기 처한 상황에 어떻게 해야 할지 난감하기만 했다. 그런 나를 보고 시아버지는,

"결혼을 하면 마음을 잡을 줄 알았는데 그게 아니구나. 그놈은 어릴 적부터 꼭 날아다니는 새 같아 붙잡아 둘 수가 없었다. 아무 말도 않고 집을 나가면 몇 달씩 돌아다니다 들어왔어. 마음 내키는 곳이 있으면 아무데서고 살아버리는 그 버릇이 결혼하면 없어질 줄 알았는데."

라고 말했다. 시아버지 옆에서 나를 바로 쳐다보지 못하고 고개를 돌리고 앉아 있던 시어머니는 모든 책임을 자신에게로 돌리며 한 숨만 쉬었다.

남편을 만난 건 오 년 전이다. 어떻게 하다보니 나는 서른다섯이 넘도록 남자를 사귀지도 못하고 선을 보기에도 늦은 나이가 되어 버렸다. 결혼을 꼭 해야 하는지, 모르는 사람과 가정을 꾸미며 살 아야 되는지 망설이고 있을 때, 같은 근무지에서 모셨던 교장이 자 신의 아들을 소개했다. 병석에 있던 어머니만 아니었으면 그렇게 쉽게 결혼을 하지 않았을 것이다.

남편은 솔직하지 못했다. 그는 자신이 만든 세계를 이미 형성하 고 있었던 사람이었으니 나하고 결혼을 하지 않았어야 했다. 절대 로 이혼만은 안 된다는 어머니의 말을 나는 거역하지도 못하고 그 렇다고 미래를 대처하지도 못했다. 어느 날 갑자기 당한 일이라 남편에게서 한마디 변명이라도 듣고 싶었지만 그는 끝까지 아무 말이 없었다. 이유도 모르고 당해야 했던 나는 가슴에서 불이 일 었지만 아무 내색도 할 수가 없었다. 사람을 믿지 않고 세상을 살 아간다는 것은 슬픈 일이다. 어쩌면 자신을 믿지 못하는 것과도 같다. 내가 할 수 있는 일은 스스로 병원을 찾아가 이제 막 뱃속에 서 자리를 잡기 시작한 내 아이를 지워냈을 뿐이다.

창문에 붙어 있던 비둘기가 언제 다시 왔는지 다른 놈을 달고 와 서 함께 나를 보고 있다. 두 눈을 가까이 대고 생뚱스럽게 바라본다. 다가가도 날아갈 생각을 하지 않는 저 비둘기들. 게으르기 짝이 없는 놈들이 뻔뻔스럽기까지 하다. 잔걸음으로 옮겨 다니며 옥상에 뿌려준 먹이만 주워 먹고는 하루 종일 교실 난간에 막무가내로 똥을 갈기며 눈알만 굴리고 있다.

나는 창문을 등지며 옷을 다 갈아입고 교실을 나서 운동장으로 나왔다. 교실 앞 화단에는 나무로 만든 십자가들이 군데군데 꽂혀 있다. 비둘기가 죽으면 묻어주는 곳이다. 여자가 아무리 잘 챙겨 먹이고 두 눈 부릅뜨고 보살펴도 비둘기들은 곧잘 죽어 나갔다. 느릿느릿 걸어 다니다 도둑고양이들의 표적이 되기도 했고 때로는 짓궂은 아이들의 장난에 시달리다 목숨을 잃기도 했다. 여자는 아이들에게 죽은 비둘기를 보면 주워서 가져오라고 했다. 그리고 보상으로 학용품을 사주기도 하고 용돈을 주기도 했다.

운동장을 걸어 나오는데 발끝에 차이는 게 그놈들이다. 나는 오늘 하루를 놈들에게 시달렸다는 생각이 들자 그냥 지나칠 수가 없었다. 한 마리를 움켜잡았다. 날개 죽지 밑에 손이 들어가자 따뜻한 감촉이 느껴진다. 비둘기가 날개를 파닥거린다. 끝이 뾰족하게 다듬어진 엄지손톱을 비둘기의 보드라운 가슴살에 푹 밀어 넣는다. 순간, 싶은 샘 같이 맑은 비둘기의 눈이 나를 쳐다본다. 나는 손끝에 힘을 풀고 비둘기를 놓아준다. 쾽 하게 치뜬 여자의 눈이 떠오른다.

오늘도 여자는 옥상에 비둘기 아파트를 계속 만들었다. 교실에 남아도는 아이들 사물함을 개조해 차곡차곡 쌓아 만든 아파트는 그럴싸했다. 비둘기들이 처마 밑에서 자는 모습이 안쓰럽다며 몇 개 만들기 시작하더니 이제는 옥상 한쪽을 완전히 차지할 만큼 그 숫자가 늘었다. 집이 늘어나면서 비둘기 숫자도 덩달아 늘어났다. 비둘기 공해라고 동네 곳곳에서 내몰린 놈들이 다 모여들었다. 여기저기 비둘기 똥으로 얼룩진 학교는 보기가 흉할 정도다. 하지만 그 누구도 여자에게 그러한 말을 꺼내지 못했다. 여자는 비둘기에 관한 일이라면 상식이 통하지 않을 만큼 무조건적이었다. 얼마 전, 운동장에서 놀고 있는 비둘기를 보고, 거참 통통하게 살이 오른 게 연탄불에 구워서 술안주를 하면 딱 좋겠네. 라며 남자 선생님이 입맛을 다시자 교무실이 한바탕 난리가 났다. 그러고도 선생님이라고 할 수 있냐며 근 한 시간이나 닦달을 하는 여자의 기세에 모든 선생님들이 고개를 흔들었다. 오랜 세월 남보다 몇 배나 노력을 한 끝에 승진이 월등하게 빨랐던 여자는 이제 곧 있으면 교장이 된다. 직무 연수까지 받고 와서 발령 나기만을 기다리고 있다. 이젠 교감이라는 직책은 잊어버렸는지 업무는 뒷전이고 온전히 비둘기를 돌보는데 대부분의 시간을 보낸다.

여자의 별명이 '비둘기 에미'가 되고 말았다. 여자는 비둘기 숫자까지 정확히 기억하고 있다. 이백스물네 마리. 그녀가 말하는 비둘기 숫자가 정확하리라고 믿는 사람은 아무도 없다. 비둘기 숫자를 센다는 것은 거의 불가능한 일이기 때문이다. 살아있는 수많은 올챙이들을 투명 유리관 속에 담아두고 세는 것과 다를 것이 없다. 하지만 나는 이백스물네 마리가 맞을 것이라고 생각한다. 아니, 어쩌면 이백 스물다섯 마리일지 모른다. 비둘기 무리와 함께 있을 때 그녀도 한 마리 비둘기처럼 보였다.

해질 무렵이면 여자는 황혼을 받으며 옥상을 비질한다. 수많은 비둘기들이 하루 종일 배설해 놓은 똥을 꼼꼼히 쓸어대는 여자의 그런 모습은 마치 신을 갈구하는 구도자 같다. 그런 모습을 보고 2학년 신 선생이 혀를 차며 4학년 정 선생에게 물었다.

"교감이 저렇게 비둘기들에게 집착하는 이유를 선생님은 아세요?"

"뭔데요, 단순한 것 아닌가요? 뭐 동물 사랑 같은 것."

"기가 막힌 이유가 있지요. 교감 남편이 사냥을 좋아했대요."

"그래서요?"

"새 사냥을 다녀오다 교통사고로 죽었나 봐요. 새들이 남편을 데리고 갔다고 생각해요. 딸이 유복자예요"

"새뿐만 아니라, 고양이들도 기른다는 소문이 있어요."

"한두 마리가 아닐걸요? 아파트 뒤에 있는 야산에 고양이 집도 지었대요. 퇴근하면 그곳에 가서 먹이를 준다는데 한 달이면 먹이 값도 무시 못 할걸요."

"재미있네요."

　두 사람은 말을 하다 말고 나를 의식한 듯 입을 다문다. 나는 그들 곁에서 멀어져 나왔다. 언젠가 죽은 비둘기를 땅에 묻어 주면서 여자는 이렇게 말했다.

　"우리 남편이 죽은 것은 우연이 아니었어. 새들이 데리고 간 거야. 그 사람 정말 좋은 사람이었는데. 인간이 죽으면 착한 사람은 새로 환생한다는데."

　여자가 무슨 말을 지껄이든지 나는 입을 꼭 다문 채 대꾸를 하지 않았다.

　비둘기들이 교실까지 들어와 파닥거리고 다닌다. 아이들은 여기저기 떨어진 깃털을 주워 목을 간질이며 장난들을 쳤다. 나는 모른 척 수업을 계속한다. 갑자기 큰소리가 들린다. 여자의 목소리가 이렇게 커진걸 보면 예삿일이 아니다. 조금 전 옥상을 올라간 것 같더니 언제 내려 왔을까. 복도로 나가 고개를 들어 여자를 쳐다본다. 손에는 비둘기 두 마리가 여자 손바닥에 고개를 쳐 박고 있다. 비둘기를 들고 있는 여자의 두 손이 덜덜 떨린다.

　"세상이 아무리 험해도 이것이 무슨 일이야. 한두 번도 아니고 누가 이렇게 비둘기를 못살게 하는지 정말 속상해 죽겠어. 누가 그랬어? 몇 반이야? 이놈들이 왜 이렇게 잔인한 줄 모르겠네. 아무리 동물이라도 목숨은 다 소중한 건데."

　핏대를 올리며 소리를 질러댄다. 그 모습이 곧 쓰러 질 것 같다.

하긴 다리가 부러져 피를 흘리며 날개가 축 쳐져 있는 모습이 보기에도 섬뜩하다. 여자는 비둘기를 들고 범인을 잡겠다고 차례대로 3층 교실을 들린다. 그 모양새가 우스꽝스러운지 복도에 나와 보고 있던 선생님들이 교실로 들어가 버린다.

"1반 아이들이 보니까 아까 2반 놈들이 비둘기를 들고 옥상을 올라갔다던데 누구냐. 빨리 일어서 봐 누구야. 김 선생은 아이들 교육을 어떻게 시켜서 이 모양인가. 자네를 믿고 일부러 이 교실을 주었는데 기본교육 하나도 못 시키고."

씩씩거리며 우리 교실로 들어온 여자가 다짜고짜 소리부터 지른다. 아이들의 눈이 일제히 키가 작고 몰골이 꾀죄죄한 한샘이에게 향한다. 고개를 숙이고 있던 한샘이가 입 안에서 뭐라고 중얼거린다.

"뭐? 뭐라고? 큰소리로 말해."

내 다그침에 한샘이의 작은 소리는 점점 목구멍 안으로 기어 들어간다.

"1층 교실 뒤에서 고양이가 비둘기를 입에 물고 돌아다녔어요, 제가 빼앗아 옥상 비둘기 집에 가져다 둔 것뿐이에요. 진수도 같이 봤어요."

놀란 한샘이는 진수까지 끌어들여 증인으로 내세웠다.

여자는 아이들 말은 믿지도 않고 죽어 가는 비둘기를 보고 안절부절 못한다. 입에 침을 튀기면서 화를 내더니 담임인 내가 있는

데도 아이들에게 동물 사랑에 대해서, 아니 생명의 소중함이 어쩌고저쩌고 한참을 잔소리를 해댄다. 처마 밑에서 더위를 피하고 있던 비둘기들이 여자의 목소리에 날갯짓을 바쁘게 하며 파닥거리기 시작한다. 마치 날카로운 여자의 목소리를 알아듣기라도 한 것처럼.

말을 마친 여자는 땀을 닦던 수건으로 다친 비둘기를 감싸며 품 안에 안고 횡 하니 나간다.

중간체조 시간이 되었다. 여자에게 야단을 맞은 아이들이 힘없이 교실을 나간다. 운동장으로 나가는 아이들을 바라보는 내 기분도 엉망이다. 운동장에는 아이들 수보다 더 많은 비둘기들이 걸어 다닌다. 갑자기 아이들이 소리를 지른다. 조금 전 야단맞은 일은 잊어버린 듯 비둘기를 보는 아이들의 낯빛이 금방 밝아진다. 비둘기들을 쫓아다닌다. 비둘기들도 아이들에게 잡히지 않으려고 날렵하게 몸을 피하며 날아오른다.

시아버지가 근무했던 학교는 면 소재지에 자리 잡은 작은 학교였다. 아침이면 지저귀는 새 소리 때문에 늦잠을 잘 수 없었던 곳이다. 사시사철 꽃이 피어나고 소나무 숲이 우거져 있어 일년 내내 새들이 찾아왔다. 그런데도 유별나게 새를 좋아한 시아버지는 사택에서 십자매나 문조, 카나리아를 길렀다. 몸집이 아주 작은 박설구 같은 비둘기도 수십 마리 길렀으나 남편은 시아버지의 취미가 마음에 안 든다며 못마땅해 했다. 그날도 모처럼 부모님을 찾아간 남편은 새장 속에 들어 있던 새들을 전부 날려 보냈다. 새들을 가둬 놓은 것이 싫다며 새장 문을 열었다.

사람에게 길들여진 새들은 문을 열어 날려 보내도 멀리 가지 않고 나뭇가지에 걸터앉아 주변을 맴돌았다. 그러자 남편은 긴 막대를 들고 나와 새들을 위협하며 끝끝내 쫓아 버렸다. 그가 오랜 시간을 헐레벌떡 하며 호들갑스레 뛰어다니자 시아버지는 아무 말 없이 지켜만 보고 있었다.

어제부터 하루 종일 바람이 불고 비가 내렸다. 올 여름엔 유난히도 장마가 길어지고 태풍도 잦았다. 한반도 일대를 강타한 태풍 '매미'는 꼬박 하루가 지나도록 사그라질 줄 모르더니 밤이 지나고 아침이 되자 비바람이 조금 약해졌다. 출근길에 하늘을 보니 학교가 있는 하늘 쪽은 정적만이 감돌았다. 하늘을 떠돌던 바람도 멈추고 숨을 들이마실 수 있는 공기까지도 멈춰 있는 것 같았다. 날아다니던 작은 먼지도 정지되어 버린 공간에는 나뭇가지 하나 흔들림이 없었다. 비바람이 멈춘 하늘과 나무들의 푸르름만 존재했던 아침은 너무나 깨끗해 세상이 모두 아름답게 보였다. 모든 것을 한순간에 멈추게 했던 것은 무엇이었을까. 어떻게 그 순간이 아름다울 수 있었을까.

출근을 하니 학교가 야단법석이다. 지난 밤 비바람에 비둘기들이 떼로 죽었단다. 비둘기들의 죽음을 처음 발견한 사람은 김 주사였다. 태풍이 지나간 뒤라 건물이 파손된 곳은 없는지 둘러보던 중에 목이 꺾이고 다리가 부러진 비둘기들이 수십 마리가 널브러져 있는 것을 보았다고 했다. 죽어 가는 비둘기들이 더 처참하게 보인 것은 날개가 찢어지고 털이 뽑혀나간 것들이 숨을 깔딱거리고 있었기 때문이다. 당황한 김 주사는 평소에 귀찮던 것도 다 잊어버리고 망연자실해서 한참을 멍하게 보고 있었다고 했다.

전부터 학교 별관 교실 모퉁이에서는 사고가 자주 있었다. 싸움패들이 주먹을 겨루다가 칼부림이 나고, 방과 후면 갈 곳이 없는 청소년들이 몰려와 노래를 부르며 춤을 추기도 했다. 벌건 대 낮에도 교복을 입은 남 여 학생들이 얼굴을 비비며 껴안고 있는 것도 심심찮게 보았다. 아침으로 아이들과 청소를 하기 위해 돌아다니다 보면 등나무 아래로 담배꽁초에 술병이 뒹굴고 심지어는 여자 팬티나 브래지어가 찢겨져서 널려 있기도 했다. 아이들은 멋모르고 쓰레기를 줍고 청소를 했지만 민망할 때가 있었다. 때로는 다친 비둘기들이 한두 마리씩 죽어 있는 것을 보긴 했어도 그렇게 수십 마리가 떼거리로 죽은 것은 처음 있는 일이다.

죽은 비둘기들을 묻어주면서 여자는 한없이 울었다. 옆에서 보고 있던 선생님들도 기분이 언짢은 것은 마찬가지다.

"꿈속에서 새들이 나타나 먹이를 챙겨줘서 고맙다고 두 번 세 번 절을 했어. 그동안 내가 무탈하게 살아온 것도 저놈들이 주는 복이라고 생각하며 살아왔는데 이렇게 떼죽음을 당했으니 기가 막혀. 사람이 죽으면 착한 사람은 새가 되어 자기가 사랑하는 사

176

람 곁으로 돌아온다는데, 저 비둘기 속에 죽은 내 남편이 섞여 있
으면 어떡해. 이놈도 저놈도 나를 바라보는 눈들이 꼭 남편 눈을
닮았어.”

횡설수설하는 여자는 정신이 온전해 보이지 않았다. 비둘기들
을 죽인 것은 바람인가 사람인가, 욕을 해대며 혀를 차다가도 연신
두 손을 모으고 기도를 하기도 했다.

비둘기를 죽인 범인을 잡겠다고 여자는 법석을 떨었다. 평소에
아침 운동을 하러 온 젊은이를 의심하기도 하고, 밤이면 놀러 오는
학생들도 의심하다가 심지어는 학교에서 근무하는 김 주사나 공
익요원을 의심했다. 의심쩍은 눈으로 안경을 올렸다 내렸다 하며
사람을 쳐다보는 눈초리가 싫어 나 역시 그녀 앞을 피해 다녔다.

만사위로 시작해서 겹사위가 끝나 갈 무렵에는 온몸에 땀이 흐
르기 시작했다. 나는 하회탈을 쓰고 춤을 추고 있었다. 탈을 벗고
땀을 닦고 싶었지만 흥에 겨워 있었기에 흐르는 땀을 그대로 흘리
며 계속 춤을 추었다.

무대 앞에 앉아 있는 사람들이 ‘얼쑤’ 소리로 응답을 해주며 흥
을 돋우어 준다. 이쪽저쪽으로 온몸을 흔들다 보니 시간이 지날수
록 숨은 차오르지만 ‘덩덕기 덩덕 얼쑤’ 소리에 나는 점점 더 흥이
났다.

무대의 배경 화면이 가을의 들녘에서 푸른빛의 돌멩이들이 깔려

있는 바닷가로 바뀌면서 보름달이 중앙에 떠오르기 시작했다. 파도가 자갈밭을 때리는 소리를 신호로 갑자기 무대위로 사물놀이 패들이 뛰어나온다. 꽹과리와 장구가 어우러지고 징 소리가 무대에 퍼져나갔다. 바닷물이 만조가 되어 밀려오기 시작하고 무대가 점점 바닷물에 잠기기 시작하자 그때까지 혼자 탈춤을 추고 있던 나는 사물놀이 패 속으로 들어가 장단에 맞춰 춤을 췄다. 장단이 점점 빨라져 숨이 가빠진다. 탈을 벗으려고 손을 올리지만 벗겨지지 않는다. 나는 온몸에 땀을 흘렸다. 그때 어디선가 비둘기들이 날아와 나를 향해 일제히 달려들었다. 나는 달려드는 그놈들이 무서워 소리 지르며 그대로 주저앉고 말았다. 그들 중 하나가 검은 눈을 깜박거리며 나를 쳐다본다. 남편의 눈 같기도 하고 태어나지도 못하고 어둠 속으로 사라져 버린 내 아이 같기도 했다.

어! 소리에 놀라 깨어나니 꿈이었다. 몸에 열이 있어 약을 먹었는데 잠이 들었던 모양이다. 온몸이 땀에 젖어 있다. 하루 종일 비둘기와 여자 때문에 시달렸는데 꿈에서까지 나타나 귀찮게 했다. 시각은 밤 8시를 넘고 있다. 마음이 답답하다. 열을 풀어내고 싶은 욕망은 온몸을 허기지게 하고 허둥거리게 만든다. 옷을 갈아입고 거리로 나왔다. 역 앞을 지나 상가가 밀집되어 있는 차 없는 거리로 들어서자 간판에서 뿜어져 나온 네온사인의 불빛들이 사람을 유혹한다. 상가에서 흘러나온 빠른 템포의 노래에 맞춰 몸을 흔들며 사람들이 걸어간다. 여기저기 모여 구경하고 있던 사람들이 불나방처럼 날아다니다 순식간에 사라져 어디론가 자취를 감춘다. 밤의 어둠 속으로 내 몸이 빨려간다. 모자를 눌러쓰고 청바지와 몸에 꽉 조인 민소매 티셔츠를 입은 나는 사람들의 물결에 휩쓸려 어디론가 끌려가고 있다.

불이 켜진 가로등 불빛으로 날벌레들이 모여든다. 새까맣게 불빛 주위를 맴돌고 있는 무리들을 보니 진저리가 쳐진다. 아아! 내가 따라 왔던 건 다 어디론가 숨어버리고 가로등에 날벌레들만 붙어있다.

'에이 씨발' 나는 누구에게 화를 내고 있는 것일까? 학교를 옮길 때마다 소박맞은 여선생이라고 수군대는 소리가 들려왔다. 모든 욕망에 자유스러워지고 싶었지만 선생이란 직업이 올가미가 되어 나를 울타리 속에 가두어 버렸다. 사람의 기억이란 엉뚱할 때가 많다. 남편을 생각나게 하는 모든 기억들은 잊고자 할수록 더 떠오르게 했다. 나는 그럴 때마다 깜짝 깜짝 놀라 내 자궁 속에 파고 들었던 생명에 대한 기억이 연민으로 남아 나를 괴롭혔다. 혼자서라도 아이를 낳아서 키웠어야 했을까? 스스로에게 묻곤 했다.

구두를 수선하는 조립식 가건물 벽면에 붙어 있는 연극 포스터가 눈에 띈다. 촉각이 곤두선다. 가까이 다가가서 포스터를 자세히 보니 찬조 출연으로 탈춤 공연이 있다. 굳이 남편의 이름 석자를 확인하시 않아도 내 앞에 그가 어른거린다.

결혼을 하고 조금 지나 정월 보름날이었다. 남편은 나에게 달구경을 가자고 했다. 떠오르는 달을 보기 위해 우리는 가까운 바다를 찾았다. 어두워지기 시작하고 있는 바닷가에는 사람들이 드문드문 모여들었다. 숲 속으로 들어가 나무 삭정이를 주워 모은 남편은 준비해온 깡통에 불을 지폈다. 깡통 밑바닥에 잘게 구멍을 뚫고 옆에도 구멍을 내서 바람이 잘 통하도록 만들었다. 나무 삭정이에 불이 붙자 때마침 달이 떠오르기 시작했다. 파도 소리만 들렸던 바닷가는 달빛이 환해지자 여기저기 달맞이를 나온 사람들로 인해 소란해지기 시작했다.

남편은 내게 불을 지핀 깡통을 돌려보라고 했다. 나는 모래밭을 뛰어다니며 어둠 속에 동그라미를 그리며 깡통을 돌렸다. 불꽃은 춤을 추며 허공에 원을 그렸다. 나무 조각들은 어느새 타져 검은 흔적만 남기고 불꽃들의 파편은 유성처럼 꼬리를 매달며 바다로 떨어졌다. 달빛은 바다로 떨어지던 불꽃을 내 가슴속으로 스며들게 했다. 나는 하늘과 바다가 맞닿은 곳을 향하여 마음속에 들어 있던 온갖 망상을 깡통에 담아 던졌다. 깡통은 멀리 가지 못하고 포물선을 그리며 불꽃과 함께 이내 바다로 떨어졌다. 바닷물은 만조가 되어 점점 밀려오기 시작하고 남편은 차에 있던 탈을 가지고 나와 얼굴에 쓰고 춤을 추기 시작했다.

"덩 덕기 덩덕, 얼쑤."

달빛이 비치는 바다는 무대였다. 파도 소리는 장단이었고 나는 관객이었다. 사람들이 모여들어 구경을 했다. 남편을 따라 박수를 치며 덩실덩실 어깨춤을 추는 사람도 있었다. 남편은 신명나게 춤을 추고 있었지만 탈속에 감추어진 얼굴을 볼 수 없는 나는 초조하기만 했다.

거울 앞에 서 본다. 거울에 어떤 여자가 있다. 아니 걸어 다니는 비둘기와 춤을 추는 남편의 모습이 어른거려 숨이 막혀온다. 나는 거울 속에 들어 있는 여자에게 손을 내민다. 새를 미워하지 마, 새는 사람의 영혼을 가장 깊게 뚫어보고 있어. 미워하지 말고 지혜와 사랑이 충만한 눈빛을 봐. 네 마음을 읽을 수 있으니. 가만가만 속삭인다. 그녀의 속삭임을 듣는 순간 내 몸에 전율이 흐른다. 나는 그녀에게 말한다. 그놈들을 보면 가슴이 답답해. 다른 새들은 살기 위해 항상 날갯짓을 하며 어디론가 떠돌며 살아가고 있는데 주는 먹이로 배를 채우며 하는 일없이 걸어 다니는 놈들이 정말 미워. 날지 않는 새가 싫다고? 마음을 비워. 속고 살았다는 생각도 지우고 살아온 삶의 기억을 버림으로써 마음이 편안해지는 거야. 마음속에 미움 두려움 증오심 배신감을 키우지 마. 스스로 구속이 되어 고통을 받거든. 본래의 네 마음을 되찾아. 거울 속 그녀는 참된 나를 가리고 있는 거짓된 나를 버리라고 했다. 나는 그녀를 보며 힘없이 웃었다.

대풍에 비둘기들이 떼죽음을 당한 한 달 뒤. 비둘기 여자가 발령을 받았다. 교장으로 승진을 해서 다른 학교로 갔다. 우리 학교에서 한 시간쯤 떨어진 곳으로 갔으니 그리 먼 곳도 아니다. 발령을 받아 가면서 까지 비둘기 걱정을 하더니 도저히 참을 수가 없는지 매일 같이 전화를 해서 이 사람 저 사람에게 부탁을 했다.

"지금 비둘기 집을 짓고 있는데 다 지어지면 그놈들을 이리 데리고 오려고 하네. 대장 비둘기만 한 마리 가슴에 품고 오면 다 따라 온다고 하던데 그때까지만 그놈들 좀 잘 보살펴 주기 바래. 부탁하네."

내게 전화를 했을 때도 여자의 목소리는 울먹거렸다. 그러나 여자가 떠나자 아무도 비둘기의 근황을 걱정하지 않았다. 기다렸다는 듯이 남아있던 사람들은 옥상으로 올라가는 문을 굳게 닫아버렸다. 오히려 비둘기들이 스스로 살아갈 수 있도록 자생력을 길러 주어야 한다는 의견들이 많았다. 미국 어느 도시에서 비둘기들이 공원에 몰려들어 싸질러 놓은 똥과 울음소리 때문에 사람들에게 피해가 가자 대응책으로 나온 것이 비둘기들을 잡아먹는 매를 풀어놓은 일이었다고 했다.

여자가 없으니 우리도 예외는 아니었다. 비둘기보다 못한 대우를 받았다는 공익요원은 저놈들을 몇 마리 잡아다가 구워 먹어야지 속이 풀리겠다며 그물을 들고 왔다 갔다 했다. 김 주사와 몇몇 선생님들도 비둘기 집들을 역 앞 광장으로 옮겨 쫓아버리든지 한꺼번에 잡아서 먼 곳으로 보내 버리자고 했다. 비둘기들은 말라갔다. 살이 통통 쪄서 걷기도 힘들었던 놈들이 아무도 돌보지 않자 몰골이 말이 아니다. 아이들도 이젠 비둘기들을 쫓아다니지 않는다.

오늘 소나기가 한 차례 오고 난 뒤, 나는 창 밖을 쳐다보다가 깜짝 놀랐다. 소음 하나 들리지 않던 조용한 운동장에 온통 시꺼먼 것들이 가득 차 있다. 얼마나 목이 말랐던지 비둘기들이 녹색 부리를 담그고 운동장에 고여 있는 흙탕물을 먹고 있다. 그 모습이 너무나 처량하다. 마치 간직해야 할 모든 것들을 벗어 던지고 포기한 듯 보인다.

나는 갑자기 머리끝이 쭈뼛해진다. 기름칠이라도 한 듯 윤기가 흐르고 빛나던 놈들이 털이 빠져 등을 훤히 드러내 보인다. 누가 금방이라도 공기총으로 놈들을 쏘아 버릴 것 같은 착각이 들어 머리가 아파 오고 가슴까지 두근거린다. 비둘기를 계속 쳐다보자 조바심이 일어난다. 내 눈빛을 보았는지 옆에 있던 선생님들이 여자를 닮았다고 수군거린다. 하지만 축 쳐져 있는 비둘기들을 보는 내 마음은 한없이 조급해져 갔다.

이젠 어쩔 수 없다. 수업을 하다 말고 나는 옥상으로 가기 위해 빠른 걸음으로 계단을 향했다. 계단은 온통 흰색으로 칠해져 마치 하얀 성으로 들어가는 입구 같다. 양손에 먹이를 들고 걷자니 발걸음을 옮길 때마다 여자처럼 뒤뚱거려진다.

23평짜리 교실 열 칸이 붙어 있는 옥상은 끝이 보이지 않는다. 반듯하게 줄을 그어 놓은 것 같이 비둘기집들이 두 줄로 늘어져 있고 가운데 빈 공간에는 빗물에 얼룩져 있는 물그릇과 텅 빈 그릇들만 뒹굴고 있다. 사람이 다가가도 그놈들은 꼼짝도 하지 않았다. 나는 여자처럼 구구구—를 하며 비둘기들을 불러 모았다. 놈들이 앞으로 몰려든다. 빛을 잃은 날개들이 탈색을 한 것처럼 햇빛에 반사되어 회끗거린다. 한결같이 연한 회색과 짙은 회색. 하얀 색과 검정. 흰색과 회색이 섞여져 온통 무채색을 이루고 있다. 검정 빛을 띤 놈이 목 부분에 진한 녹색 띠를 두르고 내 앞으로 제일 먼저 걸어온다. 나는 엉덩이를 뒤뚱거리며 걸어온 그놈을 붙잡아 날개 밑으로 손을 넣어본다. 손끝으로 아무 느낌이 오지 않는다. 뼈만 앙상하게 남은 그놈은 힘을 주지도 않고 저항하지도 않는다. 나는 손을 놓고 소리 내어 숫자를 세어본다.

여자는 비둘기의 수가 정확하게 이백스물 네 마리라고 했다. 그녀처럼 한 마리 한 마리에 눈을 맞추면서 비둘기를 세어 나간다. 언젠가는 나도 이백스물네 마리를 셀 수 있을 것이다.

새 님이
오신다

어머니가 어디론가 가버렸다. 일주일 전 남산 드라마 센터에서 연극을 보고 난 직후였다.

줄업 작품으로 희곡 '길'을 올리자고 한 것은 모두의 의견이었다. 어렵고 난해하다는 평을 듣기는 했어도 기쁜 마음으로 연습을 해 무대에 올렸다. 연출을 맡은 나는 스타일면에서 처음부터 다른 접근을 시도했고 오브제를 통한 다양한 리듬 소리와 공간 찾기에 포커스를 맞추었다. 이번 공연이 비록 대학 내에서의 발표이지만 처음으로 연출을 맡은 작품이었기에 의미가 깊었다. 누구보다 어머니께 보여주고 싶어 첫 공연에 어머니를 초대했다.

공연이 끝난 뒤, 다음 공연이 있었으므로 나는 어머니를 극장 앞에서 보내드렸다. 밤늦은 시각, 지금쯤은 집에 도착했으리라는 생각에 전화를 했더니 뜻밖에도 어머니는 집이 아닌 다른 곳에서 전화를 받았다. 며칠동안 여행을 하고 오겠으니 기다리지 말라고 했을 뿐 별다른 말은 없었다. 그리고 지금까지 일주일째 아무 연락이 없다.

오늘까지 '길'은 공연되고 있다. 마지막 공연이라 배우들과 스텝들에게서 긴장감이 감돈다. 나는 객석과 무대 뒤를 번갈아 오고 가며 배우들의 심리 상태를 안정시킨다. 관객들을 입장시킨 뒤 스탠바이 큐를 외치며 무대를 열었다.

무대는 한 장의 사진을 옮겨 놓은 것 같이 적막에 감싸이다 아청빛이 서서히 깔리며 밝아오는 아침을 연출했다. 청아한 노랫소리를 시작으로 동쪽 하늘에 해가 떴다. 아이로 변장한 배우 1이 굴렁쇠를 굴리며 친구들을 부른다.

"애들아, 나와서 놀—자. 나와서 놀—자. 나와서 놀—자 나하고."

여기저기 잠에서 깨어난 아이들이 기지개를 켜며 뛰어 나온다. 모두 손에 놀잇감을 들었다. 스텝과 배우들이 어린 시절을 떠올리며 만든 소품들이다. 나는 세세한 부분까지 놓치지 않고 묘사하고 싶어 배우들이 입은 옷 한 가지에도 각자의 캐릭터를 중시하며 특징을 부여했다.

연극이 소설이나 시처럼 인간의 삶을 관객들에게 얼마나 전달할 수 있을지 아직 나는 모른다. 하지만 기교나 속임수가 통하지 않는 정직함을 배웠기에 무대로 옮기는 일이 어려운 작업임을 알고 있어 하나 하나가 새롭고 소중하다.

아이들의 놀이가 시작된다. 키가 작은 아이의 손에 풍선이 들려 있다. 줄넘기를 돌리는 아이. 굴렁쇠를 굴리는 아이. 긴 막대를 들고 칼싸움을 하는 아이. 새총을 들고 뛰어다니던 아이가 갑자기 제가 가지고 놀던 것을 던져버리고 나무 막대를 들고 있는 아이에게 그걸 달라고 졸라댄다. 아이들은 서로 물건들을 바꿔가며 술래잡기에 열중한다. 배우들의 놀이 모습을 보면서 관객들은 자신들이 간직한 유사한 경험들을 기억할 것이다.

대학 2학년, 심리학 개론 시간에 교수가 물었다.

우리가 지금까지 살아오면서 가장 최초로 기억할 수 있는 일을 말해보라고.

그 말을 듣는 순간, 나는 어머니와 함께 바닷가에서 놀았던 기억이 제일 먼저 떠올랐다.

밤낚시를 좋아했던 아버지는 물때가 되면 낚싯대와 미끼가 들어 있는 가방을 들고 바닷가로 나갔다. 다섯 살 나도 어머니가 손에 쥐어준 뜰채를 들고 아버지를 따라 나섰다. 어머니는 뒤늦게 집 안을 정리한 뒤 과자며 음료수를 챙겨들고 나타났다. 나는 그저 좋아서 과자를 한 주먹 손에 들고 어머니와 숨바꼭질을 하며 바닷가를 뛰어다녔다. 그러다가 어느 순간 바위 뒤에 숨어버린 어머니가 보이지 않으면 겁이 나서 술래놀이를 포기하고 아버지에게로 갔다.

석양이 물들어 가는 바다를 보고 있던 아버지는 내 울음소리에 귀찮다는 듯이 큰소리로 어머니를 불렀다. 그러다가 가까이 온 어머니에게 노을 속으로 배를 타고 들어가 보고 싶다고 말했다. 내 어린 생각에도 회색 구름이 낮게 깔려 있는 건너편 하늘에는 다른 세계가 있을 것만 같아 보였다. 그리고 언젠가는 아버지가 그 속으로 가버릴 것 같았다.

교수는 말했다. 여러분이 떠올리는 최초의 기억이 자신의 일생을 지배하는 삶의 방향이 된다고. 그때 이미 알았어야 했을까. 오랜 세월 아버지와 어머니의 숨바꼭질 같은 삶 속에 언제나 나는 술래가 되었음을.

무대 위에서 울음소리가 난다. 술래가 된 아이는 끝내 친구들을 찾지 못하고 울음을 터뜨린다. 숨어 있던 아이들이 우! 하며 큰소리로 뛰어나온다.

"모두 모두 모여라. 어른은 필요 없다. 애들만 나와라. 우리 동네야, 우! 우!"

아이들의 놀이는 다시 시작된다.

배우들은 길 위에서의 놀이에 열중한다. 공연을 관람하고 있는 관객들 역시 길 위의 놀이를 수용한다. 나는 연출을 맡으면서 표현에 있어 제약을 두지 않았다. 배우들의 아이디어를 존중했고 작업하는 과정에서 서로의 호흡을 맞추기에 힘을 모았다. 무엇보다

석 달 동안의 연습을 거치면서 한 호흡을 이루어 내는 즐거움도 느
꼈다.

아이 5로 분장한 배우를 쳐다본다. 그녀의 눈이 빛나고 있다. 멜
빵 달린 유아복을 입은 모습이 익살스럽다. 머리에 쓰고 있는 모
자부터 신발까지 보라색으로 몸치장을 끝낸 아이 5는 배우들 중에
서도 개성이 강한 역을 맡았다. 새총을 들고 쏘아대는 폼이 일품
이다. 몸짓 연기가 관객들을 사로잡는다. 관객들은 아이 5가 움직
일 때마다 웃음을 터뜨린다.

리허설을 하기 전 아이 5에게 나는 물었다.

"상대의 삶과 자유에 대해서 구속하지 않고 두 사람이 맺어질
수 있을까?"

그녀는 대답했다.

"어디에서 살든 그게 그리 뭐 대수야. 한 번은 묶여져야 될 삶이
라면 두려워하지 말아야지."

"나는 책임을 부여받은 삶은 싫은데."

내 표정이 심각하게 보였을까?

"그럼 혼자 살기는 심심하니 아이만 하나 낳아서 기를까?"

깔깔깔 웃었다.

빙어를 아는가? 제 몸속을 훤히 들여다보이는 물고기. 말하고
싶지 않은데 속을 내보이는 일이 얼마나 힘든지 알고 있는가. 숨
기고 싶어도 숨기지 못하고 자신도 모르게 보이는 것. 그것이 솔

직하다는 말로 대신할 수 있을까. 앞날이 투명하지 못한 삶이 나는 싫었다. 그녀 앞에서 자신 있게 평생을 같이 하겠다는 말이 나오지 않았다. 삶을 예측할 수 없기 때문이다.

놀이에 열중하던 아이들은 동네에 나타난 낯선 사람을 경계한다. 그러나 길을 묻는 사람이 눈 먼 사람이라는 것을 알고 그를 놀린다. 짚고 있는 지팡이를 빼앗아 분지르고 주변을 맴돌며 옷을 잡아당기자 장님은 길바닥에 쓰러진다. 막상 그가 길에 쓰러지자 아이들은 무서운 생각이 들었는지 도망쳤다. 아이들이 사라진 뒤, 눈 먼 사람은 자리에서 일어나 더듬거리며 부러진 지팡이를 찾아 짚는다. 아무 일도 없었던 것처럼 오던 길을 향해 발길을 돌리며 무대를 나가는 사람. 그가 부르는 노래 소리가 은은하게 퍼지다가 멀어진다.

"너나너 누네누냐너니"

장님의 모습도 노래 소리도 아득히 멀어지자 무대는 다시 어두워지며 적막 속으로 가라앉는다. 눈에 보이지 않는 정적이 관객을 끌어당긴다. 탄식 소리가 여기저기서 들린다. 나는 가슴이 찡해진다.

이따금 집에 들른 아버지는 손님이었다. 아들에게 줄 선물을 양손 가득 들고 집 안에 들어서는 순간, 낯설어 하는 빛이 역력했다. 어머니 역시 뜨악한 표정으로 아버지를 쳐다보며 데면데면 대했다. 매번 아버지가 돌아와도 변한 건 아무것도 없었다. 어머니의 침묵은 여전했고 다음 날 아침이면 아버지는 아무 말 없이 살던 곳으로 돌아갔다. 그래도 내가 초등학교 시절에는 간혹 집에 들르던 아버지가 발길을 완전히 끊은 것은 중학생이 된 이후였다.

그 무렵 어느 날. 길에서 만난 어머니의 뒷모습이 왜 그렇게 힘들어 보였을까. 어머니의 양손에는 짐이 가득 들려 있었다. 나는 어머니를 보며 뛰어갔다. 무거운 짐을 들어줄 요량으로 뛰어갔지만 어머니는 집과는 정반대 방향으로 걸음을 옮겼다. 나는 왠지 어머니를 쉽게 부르지 못하고 뒤따르기만 했다.

삼십 여분을 걸어 들어간 곳은 시내에서 벗어나 바닷가에 자리잡고 있는 마을이었다. 바닷가를 끼고 안쪽으로 십여 가구쯤 모여 있는 마을은 고즈넉하다 못해 쓸쓸했다. 어머니는 바닷가 이층집들을 지나쳐 산 아래에 있는 집으로 갔다.

허름한 슬레이트 지붕을 이고 있는 집은 울타리도 대문도 없었다. 어머니는 집 안으로 들어서자마자 마루에 걸터앉았다. 인기척 소리에 사람들이 방 안에서 나와 마당을 서성거렸다. 남자가 고개를 들고 먼데 길 쪽을 바라보았다. 먼빛이었지만 나는 그 사람의 얼굴을 똑똑히 볼 수가 있었다. 아버지였다. 옆에는 낯선 여자가 나란히 서 있었다. 그날 나는 집으로 돌아와 어머니 몰래 숨겨두었던 아버지의 물건들을 전부 내다 버렸다.

어젯밤에 보았던 어머니의 사진첩이 생각난다. 나는 우선 많은 양의 사진 분량에 놀라움을 금치 못했다. 사진 찍기보다는 찍히기를 좋아했던 어머니는 가는 곳마다 앵글에 초점을 맞추고 사진을 찍어달라고 했을 것이다. 그 어머니의 얼굴이 웃음을 머금고 수도 없이 사진첩 안에 숨어 있었다.

집에 있던 사진기는 올림푸스 소형이다. 지금은 디지털 카메라가 나와서 이미 구형이 되었지만 잡으면 손 안에 들어오는 작은 사진기는 어머니의 분신과도 같았다. 아주 오래 전, 아버지가 해외 근로자로 이라크를 다녀오면서 어머니의 선물로 공항 면세점에서 샀다고 했다. 어머니는 아버지와 헤어지면서 제일 먼저 사진기부터 챙겼다. 어머니의 말에 의하면 아버지는 자신이 평소 사용하던 창고 속의 온갖 잡동사니, 예를 들면 망치나 전기톱 용접기 같은 연장들을 차에 가득 싣고 가면서도 방 안의 물건들은 눈여겨보지 않더라고 했다. 어머니는 아버지의 사진을 한 장도 남겨두지 않았다. 갖가지 풍경 속에서 숱한 사진을 찍어 사진첩에 꽂아 두었지만 그 많은 사진 속에 아버지의 얼굴은 단 한 장도 보이지 않았다.

모두 4권으로 나뉘어 있는 사진첩은 계절별로 정리가 되어 있었다. 어머니 특유의 눈웃음을 지으며 입가가 약간 올라가는 웃음, 방긋 웃는 웃음에서부터 입이 찢어져라 웃는 함박웃음까지. 어머니의 웃음이 이렇게 다양했던가.

자라면서 한 번도 본적이 없었던 어머니의 웃음을 보기 위해 나는 먼저 봄이라고 쓰여 있는 사진첩을 펼쳤다.

봄의 향연은 꽃으로 시작되었다. 흐드러지게 피어 있는 개나리를 비롯하여 진달래와 철쭉이 피어 있었다. 벚꽃이 화사하게 만개한 길 위에서 눈꽃이 되어 휘날리는 꽃잎 하나에 시선을 주며 수줍은 듯 웃고 있는 어머니. 사진 뒷면의 날짜를 보니 십오륙 년 전이었다. 배 밭에서 찍은 사진. 향기가 진동할 것 같은 아카시아 숲에서, 앵두나무 가지가 늘어져 있는 담장에 기대서서 빨강 열매를 따 먹으며 손을 흔들고 찍은 사진도 있었다.

여름날들도 들어 있었다. 넓은 모래사장이 펼쳐져 있어 보기만 해도 시원한 바닷가와 산골짜기 계곡 물에 발을 담그고 손차양으로 이마를 가리며 하늘을 보고 있는 어머니. 언덕을 온통 점령하고 있는 보라색 솔 붓꽃 무더기 속에서도 웃고 있고, 가녀리지만 고고한 자태를 뽐내고 있는 백련을 만지면서도 어머니는 수줍게 웃고 있었다.

예사롭게 보아 넘기던 사진을 다시 보기 시작한 것은 유별나게 내 눈길을 끄는 사진이 있었기 때문이다.

지난 5월, 나는 아이 5와 같이 안면도 꽃 박람회를 갔었다. 도착한 시간이 오후 6시쯤이었다. 박람회 장에 들러 꽃으로 치장해 놓은 잔디에서 사진을 찍고 바닷가로 내려왔다. 마침 썰물이 되기 시작했다. 모래결이 고운 꽃지 해수욕장에 물이 빠져나가자 그 앞에 있는 섬 두 개, 할미 바위와 할아비 바위가 모습을 드러냈다. 수려한 쌍바위 자태를 뽐내며 밑바닥까지 모습을 드러낸 두 개의 바위섬은 태양이 서쪽 하늘로 사라지며 빚어내는 저녁놀과 어울려

한 폭의 그림이었다. 바다는 붉은빛으로 다시 태어나 보는 사람을 황홀하게 만들었다. 바닷물이 빠져 바닥을 드러내자 사람들이 앞다투어 바위섬까지 걸었다. 오고가는 시간이 한 시간쯤 걸린다고 해서 우리도 물이 들어오기 전에 다녀오자고 길이 된 뻘밭을 부지런히 걸었다. 그런데 할미 바위까지 갔다 되돌아오는 길, 중간 지점쯤에서 나는 분명 반대쪽에서 걸어오는 어머니를 보았다. 반가운 마음에 큰소리로 어머니를 부르려고 하자 방금 전까지도 눈앞에서 걸어오던 어머니의 모습이 온데간데없이 사라졌다. 나는 너무 허망해서 자리를 뜨지 못하고 밀물이 밀고 들어와 섬 아래가 잠기도록 근처에서 서성거렸지만 어머니의 모습은 보이지 않았다. 그런 내 모습을 보고 있던 아이 5가 아마 잘못 본 모양이라고 내 손을 잡아끌었다. 나는 아이 5의 말에 아쉬워하며 발길을 돌렸는데 사진첩에 할미 할아비 바위를 뒤로하고 찍은 어머니 사진이 있었다. 그날 그 길 위에서 어머니는 어디로 사라졌을까? 환하게 웃고 있는 사진은 평소의 어둠 같은 건 사그라지고 여느 때보다 몇 배 더 밝은 웃음이 보였다.

물속에서도 어머니의 그림자가 보였다. 온 산이 붉은 빛을 토해내고 있는 꽃 무릇의 군락지. 가늘게 뻗어 있는 거미 손 같은 붉은 꽃술을 흔들며 계곡을 따라 붉게 피어 있는 꽃 무릇이 물속에서도 술렁거리고 있었다. 그 물속에 어머니의 그림자가 보였다.

가을의 단풍. 코스모스와 갈대숲에서. 바람이 많이 불었는지 어머니는 한 손으로 머리에 쓰고 있는 모자를 잡고 있었다.

겨울이라고 쓰인 사진첩으로 접어들면서 나는 첫 장부터 꼼꼼히 챙겼다. 가만히 보니 어머니가 사진을 찍고 다녔던 곳이 순례지처럼 해마다 똑같았기 때문이다. 겨울 산사와 녹차 밭. 그리고 동백나무 숲. 고향을 중심으로 그 근동에 있는 산사와 다원들을 찾아 사진을 찍고 다닌 것 같다.

수년 전, 나는 어머니에게 어떤 경우에도 우리에게 있었던 좋지 않은 기억들은 잊고 살자고 했었다. 탈피각을 벗어나지 못한 나비처럼 번데기의 상태로 갇혀서 어둡게 살았던 어머니의 시간들. 남 앞에 나서는 어머니의 삶은 당당했지만 혼자 있을 때는 쓸쓸함과 어두움이 감돌았다. 이젠 그토록 어머니를 따라다녔던 어둡던 눈길이 걷히고 둘러싸고 있던 장막도 물러가는 줄 알았는데, 아직도 시린 마음이 따스하게 풀리지 않은 이유를 생각하니 가슴이 아프다.

"울 엄마, 너 울 엄마 봤니? 울 엄마, 너 울 엄마 봤니?"

아이 하나가 갑자기 엄마를 찾아 나서자 방금까지도 웃고 떠들던 아이들은 모두가 엄마를 부른다.

"엄—마, 울 엄마."

엄마를 찾는 아이들의 소리에 놀라 나는 자리에서 벌떡 일어선다. 앞자리에 앉아 아이 5를 뚫어지게 쳐다보던 눈을 거두고 몸을 돌려 무대 뒤로 간다. 배우들에게 흔들리는 모습을 보여주어서는 안 된다. 연극은 이제 삼분의 일도 끝나지 않았다. 감정을 잠재우지 않으면 공연에서 원하는 걸 놓칠 수도 있다.

공연을 앞두고 나는 아이 5에게 말했다. 극이 끝나면 어머니를 찾아 고향 쪽으로 내려가 보겠다고. 그리고 다녀오는 동안 두 사람의 문제를 생각해 보자고.

나는 지금 자신의 길을 예측하지 못해 두려움과 모호함으로 가득 차 있다. 내 삶을 무대 위에 올릴 수만 있으면, 연극을 하며 살 수만 있으면 부족한 삶을 채워가며 행복하게 살 자신이 있었다. 그러나 지금, 사라져 가는 것들을 붙잡을 힘도 예측할 힘도 나에겐 없다. 내가 사랑한 아이 5도, 어머니도 어떻게 해야 하는지 그저 남아 있는 삶에 모호함만 생길 뿐이다.

대학 진학을 앞두고 나는 세상에서 숨어버리고 싶은 적이 있었다. 내가 하고 싶은 일을 하지 못하고 산다는 것은 죽음보다 못하다는 생각이 들었다. 공사현장을 따라 다녔던 아버지의 떠돌이 생활에 질렸던 어머니는 안정된 직업을 택하라고 사대나 교대를 고집했고 나는 연극을 하고 싶었다. 진학이 내 뜻대로 되지 않자 나는 주변 모든 사람들이 원망스러웠다. 내 의견 같은 건 무시하고 마음대로 집을 떠난 아버지와 그런 아버지를 붙잡지도 않고 혼자서 나를 키우고 살았던 어머니도 싫었다. 어디론가 떠나고 싶었다. 어머니의 눈길이 닿지 않는 곳으로 가기 위해 나는 어머니의 지갑에서 돈을 챙겨들고 분신처럼 가지고 다녔던 휴대전화를 버렸다. 하루 생활의 일부가 되어버린 인터넷 메신저도 삭제하고 지하세계라도 들어가는 양 그동안 누리고 살았던 문명의 코드를 모두 단절시켰다. 흐르는 시간을 멈추게 할 것처럼 살아온 흔적들을 말끔하게 정리했다.

나는 내가 하고자 하는 일을 실행하기 위해 먼저 아버지를 찾아갔다. 내가 꾸었던 악몽들을 아버지에게 말하고 그가 괴로워하는 모습을 보면서 의기양양 떠나고 싶다는 생각으로.

5년 만에 만난 아버지는 시 외각에서 아파트를 짓고 있었다. 점심때쯤 인부들이 먹고 자는 숙소에 들렸는데 아버지는 나를 보고도 별로 놀라지 않은 눈치였다. 흰 눈이 소복하게 쌓인 길을 따라 소나무가 우거져 있는 언덕으로 나를 데리고 올라간 아버지는 나의 얼굴에서 어떤 느낌을 얻었을까? 무렴한 듯이 쳐다보며 말을 했다.

내 인생의 젊은 시절을, 제일 열정을 가졌던 시기를 나는 사막에서 보냈다. 이렇게 집을 짓고. 평균 기온이 40도가 넘은 더위 속에서 긴소매 옷을 입고 머리엔 하루 종일 안전모를 쓰고, 안전모 위에는 모래 바람을 피하려고 또 보자기를 두르고, 그래도 행복했었다. 집을 짓고 있었으므로. 계약 기간이 만료되어 어쩔 수 없이 돌아와야 했지만 그때부터 내 삶은 내 것이 아니었던 모양이다. 하는 일마다 계획대로 되지 않고 더 나가버리든지 못 미치든지 빗나가기만 했다. 나는 그때마다 집을 짓기 위해 길을 떠났다. 그렇다고 유토피아를 찾아 헤맸던 건 결코 아니다. 지금까지 살아온 인생 궤도를 혹여 바꿀 수 있을지 그 전환점을 찾아 길을 찾고 또 찾아 나섰을 뿐이다. 그러나 돌아와 보면 내 삶은 언제나 그 자리였다. 여전히 너의 엄마는 먼 거리에 있었고 그걸 받아들이지 못한 나는 모든 게 벅차기만 했다.

간혹 나는 내가 빗새 같다는 생각을 한다. 이리저리 옮겨 다니며 남의 둥지에 얹혀사는 빗새. 나는 평생 동안 남의 집만 짓고 살았지 나를 위한 집은 한 번도 지어본 적이 없다. 그래서인지 나는 요즈음 꿈속에서 내 집을 짓는다.

아버지가 짓고 있는 집은 너무 견고해서 나는 그 안에 들어설 수가 없었다.

무분별한 충동 속에 집을 나왔던 내 기세는 보기 좋게 허물어졌다. 빵과 음료수만으로 배를 채우며 밤이면 친구 집에서 자고 낮엔 시내 영화관을 돌아다녔다. 며칠 뒤 친구의 연락을 받고 찾아온 어머니 손에 이끌려 집으로 돌아왔지만 덕분에 그 악몽의 시간에서 조금쯤은 벗어날 수가 있었다.

지금 어디에선가 어머니도 나처럼 자신이 살아온 날들을 반추해 보고 있을지도 모른다.

연극은 3장으로 들어선다. 커다란 서찰 한 통을 들고 사람 1이 빠르게 등장한다. 사람 1은 편지를 펴 들고 읽은 척하지만 아무것도 모른다. 길을 가던 사람들을 붙잡고 읽어보라고 권하지만 정작 손만 흔들고 가버린다. 편지를 들고 읽은 척하던 사람 1이 통곡을 한다. 옆에 있던 사람 2가 편지를 뺏어들고 읽더니 같이 따라 운다. 사람 3이 나와서 그 편지를 보고 같이 울고, 사람 4가 나오고 5가 나오며 6과 7이 나온다. 모두들 편지를 읽고 통곡을 하던 중 7이 6에게 묻는다.

"왜 울었소?"

"몰라 당신이 울어서. 당신은 왜 울었소?"

우는 이유를. 6은 5에게. 5는 4에게. 4는 3에게. 3은 2에게. 2는 1에게. 1은 말한다.

"새 님이 언제 오는지, 소식을 기다리고 있는데 편지를 받아도 글자를 몰라 읽을 수가 없어 울었지. 그런데 당신은 왜 울었지?"

묻는 1에게 2는 대답한다. 당신이 우니까. 아마 좋지 않는 소식인 모양이라고 생각해서 같이 따라 울었다고. 2는 3에게 물었다. 당신은 왜 울었지? 당신이 우니까 나도 서러워서. 4가 대답한다. 모두들 같은 말을 한다. 당신이 우니까.

"그럼 우리 모두가 글을 모르는데 이 편지는 어쩌지? 그렇지 촌장에게로 가보자. 기다리는 새 님은 대체 언제 오는 건가?"

그들은 편지를 갖고 마을의 지도자인 촌장을 찾아간다. 그들이 기다려 온 새 님은 언제 오는지 묻기 위해.

새로운 삶의 전환점을 찾기 위해 나는 대학에 들어와 일 년을 다니다가 휴학을 하고 군대를 갔다. 복학을 한 학교에서 아이 5를 만난 것은 활발하고 소탈한 그녀의 성격 때문이었다. 그녀는 나에게 언제나 새로움을 선물했다. 연극을 위해 평생을 바칠 수 있는 반려자를 만나겠다고 호언하며 이미 자신의 길이 정해진 것이라고 처음부터 따랐다. 농담처럼 생각했는데 나도 모르게 아이 5를 믿고 있었던 모양이다. 사랑이라고 생각하며 정신없이 빠져들었다. 얼마 전까지도.

연극 반 친구들의 소모임에서 1인극을 한 가지씩 가지고 나와 발표를 했다. 극본에서부터 무대에서 발표하는 과정까지를 모두 혼자서 해내야 했다. 흐름을 놓치지 않고 시대성이 있는 소재를 잘 잡는다고 인정을 받고 있는 아이 5가 가지고 나온 극은 놀랍게도 성폭력을 다룬 작품이었다. 나는 극을 보는 내내 잊고 싶었던 어두운 기억을 머리 속에 떠올려야 했다.

무릎을 그러안고 앉은 아이 5가 술에 취한 듯한 목소리로 독백을 시작했다. 전해오는 메시지가 너무 강했다.

"우발적인 사고였다고요? 변명하지 마세요. 모녀만 살고 있는 집이라는 것을 알고 당신들은 계획적으로 우리 집에 들어 왔어요. 그날 오후 날씨가 너무 더워 엄마와 나는 미루에서 낮잠을 자고 있었지요. 당신들은 칼을 들었어요. 아! 그리고 나에게 칼을 겨누었지요. 놀란 엄마는 시키는 대로 장롱 속에 들어 있던 패물과 돈을 주었어요. 엄마가 두 손을 비비며 절대로 신고를 하지 않겠으니 제발 돌아가 주라고 빌었는데도 당신들은 어머니를 끌고 갔어요.

딸은 놔두세요. 그 앤 아직 어려요. 어머니의 흐느낀 목소리를 비웃는 듯 당신들은 나에게도 달려들었어요. 뭐? 강간이 아니라고요. 순간적인 실수라고요.

어머니는 십 년 동안 당신들을 찾아 다녔어요. 사람을 죽인 것도 아닌데 그게 뭐 큰일이냐고요. 차라리 죽었으면 했어요. 밤이면 잠을 못 자고 허둥거렸지요. 나비처럼 세상을 향해 날아가고 싶었지만 날 수가 없었어요.

잠이 오지 않는 밤이면 사방에 불을 환하게 켜고 나비를 그렸지요. 번데기의 상태로 겨울을 나고 봄이 되면 아름다운 나비로 우화하는 성충들의 모습을 그리고 또 그렸지만 내가 그린 나비들은 결코 아름답지 않았어요. 연필로 그린 나비들은 찢어져서 색을 칠할 수가 없었어요. 번데기 안에서 어둡게 보내다 갓 깨어난 성충들은 바로 날지 못하고 젖은 날개를 펴서 말려야 한다는 사실을 당신들은 모르지요. 그렇게 방 안에는 날지 못하는 나비들의 날갯짓으로 가득했지요. 나는 당신들 때문에 젖은 날개를 가졌어요. 평생을 그렇게 살았어요."

아이 5의 일인 극을 보면서 나는 가슴이 부글부글 끓어오르기 시작했다. 잊고 싶었던 기억들이 머리 속에 뚜렷하게 떠올라 온몸을 허기지게 만들었다.

모처럼 아버지가 오시기로 한 날, 학원 시간이 끝나자마자 숨이 가쁘게 뛰어가 열려있는 대문으로 들어섰다. 순간, 후다닥 뛰어나가던 사람들. 마루문을 열고 어머니를 부르자 어둠 속에서도 어머니는 불을 밝히지 말라고 했다. 그러나 나는 아무 영문도 모른 채 형광등을 켰다. 집 안의 풍경. 물건들은 여기저기 나뒹굴고 있었고 이마에서 흐르는 피를 닦지도 않고 멍하게 앉아있는 아버지. 흐트러진 어머니의 모습. 옷은 찢어지고 머리가 헝클어져 무어라 형용하기 어려운 상황이었다. 도대체 무슨 일이 있었는지.

놀란 나는 아버지를 붙잡으며 빨리 경찰서에 신고하자고 소리를 질렀다. 그러나 아버지는 가만 있거라. 아무 일도 없었다. 절대 누구에게도 집에 도둑이 들었다고 말하지 마라. 본 것은 잊어버리라고 나에게 신신당부했다. 나는 그저 그러겠다고 대답을 하면서도 자꾸만 어머니를 쳐다보았다. 외면하려고 했지만 찢어진 옷이 눈앞에 어른거려 마음속으로 괴로웠다. 그날 밤 잠을 자기 위해 눈을 감았는데 캄캄한 그림자들이 나타나 나는 그들과 싸웠다. 어머니를 지켜드리지 못했다는 자책감으로 어린 나는 얼마나 미안했는지 모른다. 모든 원망이 두고두고 아버지에게로 향했다. 길을 가다가도 어른 남자들을 쳐다보면 두려운 마음에 모두가 우리 집에 들어온 도둑 같이 보였으며 내가 남자라는 사실이 부끄러웠다. 철이 들면서 그때 일을 생각하면 어머니 보기가 민망스러웠다. 하물며 아들과 남편 앞에 보이고 싶지 않는 모습을 보였다고 생각한 어머니의 아픔은 어떠했을까?

어머니는 오히려 자신의 상처를 참아내며 나를 밝게 키우기 위해 애를 썼다. 그러나 하루도 쉬지 않고 억척스럽게 일만 하던 어머니에겐 평생을 홀로 보내는 쓸쓸함과 어두움이 감돌았다. 친구 분과 같이 하던 장사를 넘겨주고 아들의 대학 진학을 핑계로 고향을 떠난 것도 어두운 기억에서 벗어나고 싶었기 때문이었을 것이다. 서로 내색은 하지 않았어도 보이지 않는 그늘진 마음은 늘 두 사람을 따라 다녔다. 그러고 보니 어머니가 사진을 찍고 돌아다닌 것도 그 무렵부터였던 것 같다.

"새 님 새 님 우리 새 님, 새 님이 오신다. 인내하고 기다리면 우리를 끌어 줄 새 님이 오신다."

이제 길 위에 모인 아이들과 어른들은 '새 님'을 기다린다. 마을 촌장을 중심으로 언제 올지도 모를 새 님을 하염없이 기다린다. 속고 또 속아 살면서 자신들의 정체성을 찾아가는 인간의 숙명적인 기다림. 그 속에서 이들은 실체도 모르는 '새 님'을 기다리고 있다. 원했던 길이 아니었고 평탄한 길이 아니어도 모두들 새로운 길을 가기 위해 새 님을 기다린다. 새 님을 기다리는 것은 무대 위의 배우들만이 아니다. 관객들도, 공연장 밖의 사람들도 정체를 알 수 없는 새 님을 평생 동안 기다리며 산다. 어쩌면 어머니도 그들 중 하나처럼 새 님을 찾아 길을 떠났을는지 모른다.

무대는 저녁나절이 되어간다. 춤추고 노래하며 새 님을 기다리던 사람들이 이제 지치기 시작한다. 아무 말도 없이 어른들이 먼저 하나둘 뿔뿔이 어디론가 흩어지고 아이들만 남는다. 해가 지기 시작하며 사위가 어두워지자 아이들은 갑자기 잊고 있었던 엄마를 찾아 울먹거린다.

"울 엄마! 울 엄마! 엄—마!"

아이들의 울음소리에 일터에서 돌아온 아낙네들이 아이들을 잡아끌며 집으로 데리고 간다.

"가자 이 웬수야, 먹을 것 다 놔두고 집에 있으라니께 어딜 쏘다니냐."

두들겨 패며 소리 지르는 여자. 아이를 다독거리는 여자. 아이들은 엉덩이를 맞으면서도 자꾸만 엄마의 품에 안긴다. 엄마! 엄마를 외쳐대는 소리가 무대에서 멀어진다. 엄마라는 소리의 여운을 듣기 위해 나는 눈을 감는다.

그 시절, 동네에 있던 하천을 매립하자 그곳은 우리들의 놀이터가 되었다. 하루 종일 놀아도 누구에게도 간섭받지 않고 놀 수 있는 곳이었다. 마을 뒷산 흙을 파다 매립을 했기 때문에 군데군데 웅덩이가 남아 있고 신발에 흙이 묻어 하루도 깨끗한 날이 없어도 우리는 신이 났다. 해가 지물기 시작하며 엄마들이 나와서 아이들을 불렀다. 같이 놀던 친구들은 집으로 들어가면서 아쉬운 눈으로 나를 쳐다보고 또 쳐다보았다. 마지막까지 남아 있던 나. 나는 엄마가 올 때까지 넓은 매립지에서 혼자 놀았다. 집으로 붙들려 가는 친구들을 향해 어깨를 으쓱거리며 웃었지만 혼자 놀기엔 심심했다. 나무 조각을 주워 엄마! 라는 글자를 쓰고 또 쓰면서 엄마가 빨리 오기만을 기다리며 숫자를 세었다. 늦게야 나타나 내 손을 잡아주던 엄마의 손은 유난히도 따뜻했었는데.

해가 기울어지며 달이 떠오른다. 하루가 끝나 가는 시간. 무대는 또다시 정적에 싸인다. 길은 시간의 역사이자 곧 인간의 역사라고 누군가 말했다. 그러나 하나의 그림자에 불과했던 삶을 길 위에 모두 올려놓을 수는 없을 것이다.

희망과 좌절이 섞이면서 새 님을 기다리고 사는 인간들의 숙명적인 삶. 어느 모퉁이에서 섬광처럼 지난 세월이 불현듯 생각나면 그때 자신을 생각해 보라고 했던 교수의 말이 떠오른다.

나는 극을 올리면서 최선을 다했으니 더 이상 아무 욕심은 없다. 그러나 내 안엔 버리는 것보다 얻으려고 하는 것이 더 많을지도 모른다. 평생을 극을 만들며 살고 싶다. 현실과 가상의 세계가 차이가 있어 내 삶이 연극 같은 삶이 되더라도 그 안에서 살고 싶다.

극이 끝난 배우들이 손을 잡고 나와 인사를 한다.

아이 1. 2. 3… 사람들 1. 2. 3… 촌장. 장님

그들은 이름으로 불리지 않았다. 1이나 2의 명칭만 있을 뿐이다. 그러나 그 속에서 그들은 행복해 한다.

연출자 소개에 나는 무대로 올라가지 않고 객석에서 손을 흔드는 여유를 보이며 인사를 한다. 박수 소리. 내 인생의 길. 흔들리

지 않고 이 길을 갈 수 있을까? 무대에 올라가지 못해도, 지나가는 행인 1이나 2로 평생을 살아도 좋을 만치. 아이 5는 여유 있어 보이는 내 모습에 안도할 지도 모른다. 스트라이커를 외치고 뒤풀이를 위해 모일 장소를 예고한다. 아이 5의 눈길을 의식하며 나는 공연장을 빠져나온다.

겨울밤의 차가운 냉기가 몸속으로 스며든다. 나는 주머니에서 담배를 꺼낸다. 나이 든 어머니가 내뿜는 담배 연기에는 언제나 슬픔이 가득 들어 있었다. 우리는 맞담배를 피우며 서로를 의식하면서 오랜 세월 둘만의 시간을 공유하며 살았다. 항상 반대편 자리에 앉아 있었지만 빈틈을 보이지 않으려고 애쓰며 상처를 치유하고 살았던 어머니가 무언가를 향해 길을 떠났다.

어머니는 항상 인생은 그림자 같은 것이라고 했다. 그림자 같은 인생. 또 그 인생의 반은 기다림이라고 했다. 혹시 어머니는 자신의 그림자를 찾아 빛이 있는 곳. 새 님을 찾아갔을지도 모르겠다. 사진을 찍은 순간의 밝은 웃음을 찾아.

남산.

가파른 길을 걸어내려 가도록 택시는 보이지 않는다. 지하도를 건너 명동으로 나가 지하철을 타고 서울역으로 가는 게 빠를 것이다. 건물 벽에는 졸업 작품 '길' 공연 안내 포스터가 군데군데 붙어 있다.

* 연극 '길' : 원작(안민수 씨의 희곡 '길' 인용)

작품 해설

보편적 삶의 참된 가치 탐색

홍성암(문학박사, 전 동덕여대 교수)

*존재의 고독과 온전한 것에의 그리움

　김경희의 소설집에 수록된 8편의 작품들은 우선 그 제재에 있어서 다양하다. 개의 사육, 청소부 생활, 연극의 연출, 비둘기 돌보기, 장애자의 마을, 치어 양식장, 의상실 또는 미용실 경영, 아버지의 가출 등. 그러한 것들이 일상적인 것들이 아니어서 제재 자체만으로도 흥미를 끌게 된다. 제재의 다양성에 비해 제재를 주제로 상승시키는 화자의 위치는 어느 정도 고정되어 있다. 6편의 작품이 여성화자에 의해 전개되고, 이들은 학교 교사, 미용사 등의 직업인이다. 2편의 남성화자도 연극 연출가, 치어 양식장 관리인 등으로 보통의 직업인이라고 할 수 있다.

　작품을 이끌고 있는 중심 화소는 가정문제다. 가장이 제자리를 지키지 못하고 방황하거나 가출했거나 불구가 되었거나 죽었거나 그런 양상이다. 그렇기 때문에 이들 작품은 온전한 것에의 그리움을 표현하는 양상으로 전개된다. 중심화자를 통해서 존재의 불완전함에서 오는 근원적인 고독이 강하게 느껴진다. 여기서 손괴된 가정사가 남의 일이 아니라 독자인 우리 자신의 이야기에 근접하고 있어 친근한 느낌을 주고 동시에 감동의 깊이를 더하게 된다. 그만큼 공감의 폭이 넓기 때문이다.

우리가 살고 있는 이 사회는 온갖 종류의 탐욕과 비리로 얼룩진 불완전한 구조다. 이런 사회에서 인간은 비정상적인 방법으로 자신의 욕망을 달성하고자 한다. 불완전한 인간이 불완전한 사회에서 부당한 방법으로 자신의 욕망을 충족하고자 하는 삶의 양식. 이들 소설은 이런 근원적 인간 삶의 양식을 제시하고 거기에서 오는 좌절, 실의, 또는 체념 등으로 방황하는 주인공의 모습을 보여준다. 어떤 면에서 삶의 참된 가치란 그리움의 대상이지 완전히 획득할 수 있는 종류가 아닌지도 모른다. 그리하여 작품의 인물들은 제각기 내면 깊이 파인 상처(trauma)를 어루만지며 고통의 짐을 숙명처럼 지고 다니게 된다. 온전한 것에의 그리움. 그리고 존재의 외로움. 이런 기조가 작품의 전반적인 분위기를 형성한다. 그리하여 소설을 읽는 독자에게 차분히 자신을 돌아보는 성찰의 기회를 제공한다.

＊원형적 삶의 신화구조

  김경희의 소설은 앞에서 지적한 것처럼 손상된 가정적 환경을 극복하고자 하는 노력으로 일관된다. 그러나 그런 노력은 대체로 좌절과 체념의 범주에 머물고 만다. 그것이 인간의 숙명적인 한계이기도 하다. 신이 만들어 둔 함정이다. 등장인물은 이런 한계와 함정을 체험하면서 인간 존재의 본질을 깨닫게 된다. 그리고 이런 깨달음은 주로 회상의 방법으로 서술된다. 그런 서술에서 일정한 내적 질서를 발견하게 되는데, 즉 인간의 원형적 삶을 드러내기 위한 신화구조가 그것이다.

  서사시의 신화구조는 "길 떠남—시련—과제의 해결—돌아옴"의 기본 패턴을 지니고 있다. 이런 패턴은 인간 삶의 보편적 특성을 밝히는 데 가장 적합하다고 널리 인정된 것이기도 하다. 개인의 삶을 역사적 보편성으로 정립하기 위한 구조라고 할 수 있다. 김경희의 소설 전반에 걸쳐 나타나고 있는 이런 신화구조의 서술 양상은 소설의 높은 수준을 드러내는 것이며 동시에 작가로서의 뚜렷한 자기 위치를 보여주는 것이기도 하다.

  「길」에서 "남편의 떠남—남편 찾아 헤맴—남편을 만남—혼자 돌아옴"의 구조나 「비둘기」에서 상사인 여자 교감의 "비둘기 돌봄의 극성—교감의 전근—비둘기의 수난—비둘기 돌봄의 이어받음"의 양상인데, 죽은 남편 또는 떠난 남편을 비둘기로 환치하고 있는 동일성을 통해서 비둘기에 대한 서술이 신화적 순환구조의 양상이 되고 있다.

「새 님이 오신다」의 어머니 찾기, 「나리꽃」의 어머니 찾기, 「누이아일랜드는 어디쯤 있을까」의 아버지 찾기, 「미름골」의 장애인 돌보기 등의 서술구조가 모두 이런 순환성을 지니고 있다. 봄, 여름, 가을, 겨울 다시 봄으로 이어지는 자연의 순환성을 작품에 도입하여 인간 삶의 본질을 파악하고, 깨달음을 통한 성숙으로 다시 태어나는 모습을 그리고 있다고 할 수 있다.

이런 신화구조를 통하여 작가는 인간 삶의 참된 가치에 대해서 탐색한다. 식용 개의 사육이나 미화원의 쓰레기 수거 일을 당당한 직업으로 수용하는 가치관, 버려진 야생 비둘기를 돕거나 사회에서 적응하지 못하는 장애우를 돕는 일을 통한 헌신과 봉사의 정신 그리고 어머니 찾기, 아버지 찾기 등을 통한 가정의 복원 등은 인간 삶의 참된 가치에 대한 탐색이고, 그런 것의 보편화 또는 가치화의 과정에서 신화구조의 필요성이 존재한다.

근래의 소설이 관능과 감각 또는 엽기적 기발함에 함몰되어 있고 그런 것들이 저널리즘과 결합하여 소설의 참된 가치를 왜곡하고 있는 현실을 감안할 때 김경희는 시류에 흔들리지 않고 소설의 정도가 무엇인지를 아는 작가라고 할 수 있다. 그리하여 어설픈 철학과 언어적 수사만이 목적인 듯한 잘못된 문학 풍토에서 소설의 자기 구현방식이 어떤 것인가를 작품의 구조를 통하여 보여주고 있다.

*보편적 삶의 참된 가치 탐색

　김경희의 소설이 존재의 고독을 다루거나 또는 서사구조를 원형적 신화의 양상으로 다루게 된 것은 결과적으로 보편적 삶의 참된 가치를 탐색하는 데 그것이 가장 적절하다고 판단하였기 때문이라고 할 수 있다. 소설의 기능이 '삶의 성찰'에 있다는 것은 매우 잘 알려진 사실이다. 작가는 소설이란 그릇을 통하여 인간 존재의 본질을 사색하고 참된 가치를 탐색하는 데 집중적인 노력을 보인다. 「길」에서 화자는 개를 사육하는 남편의 생활에서 원초적이고 강력한 존재의 힘을 발견한다. 「달팽이」에서는 미화원인 남편의 생활에서 범접하기 어려운 직업적 가치를 깨닫게 된다. 「미름골」에서 화자는 장애인 마을에 와서 사물놀이를 통해 활력을 주고 있는 남자로부터 생명의 활력을 깨닫게 된다. 「새 님이 오신다」에서 어머니의 존재나, 「비둘기」에서 죽은 남편으로 치환되는 비둘기의 상징, 「누이아일랜드는 어디쯤 있을까」에서 방황하는 아버지는 모두 보편적 삶의 참된 가치가 어디에 있는가를 탐색하려는 장치(device)로 동원되었다고 할 수 있다. 평소 알고 있었던 것의 인식이 '찾기'의 과정을 통하여 변화를 가져온다. 삶의 진실과 존재의 본질을 깨달아 가는 사건 전개는 건강한 삶과 건전한 정신으로 대변되는 인간 삶의 보편적 진실을 탐색하는 작업이기도 하다. 김경희의 소설이 우리에게 기쁨을 주는 것은 이처럼 삶의 참된 가치에 대한 새로운 발견, 깨달음을 주기 때문이다. 그리하여 독자의 의식 수준을 보다 성숙시킨다.

소설은 실재의 세계가 아니고 가상의 세계다. 그리고 언어로 만들어진 세계다. 그런데 이 가상의 세계는 환상의 세계가 아니고 가치의 세계다. 독자로 하여금 그런 가치의 세계를 깨닫게 하기 위해서는 올바른 해명이 뒤따라야 한다. 그런 해명의 방법으로 언어가 동원된다. 언어를 통해서 리얼리티가 확보되어야 하고, 언어를 통해서 가치의 세계를 보여 주어야 하며 동시에 독자를 설득할 수 있어야 한다. 그리고 감동을 주어야 한다. 이들 작품에서 발견되는 다음의 구절들을 살펴보자.

"개들은 아무 의심이 없어. 자기를 사랑하는지, 이용하는지 따지지 않아. 저를 아껴주는 사람을 따르는 것 외에는 다른 계산이 없어. 인간들은 필요에 따라 서로를 배신하지만 이놈들은 그렇지 않거든. 있는 그대로만 받아들여. 나는 그런 텐을 통해서 자신감을 가지고 세상을 다시 살아가고 있어."　　　　　　　　　　　　　　─「길」─

"해가 기울어지며 달이 떠오른다. 하루가 끝나 가는 시간. 무대는 또다시 정적에 싸인다. 길은 시간의 역사이자 곧 인간의 역사라고 누군가 말했다. 그러나 하나의 그림자에 불과했던 삶을 길 위에 모두 올려놓을 수는 없을 것이다.

희망과 좌절이 섞이면서 새 님을 기다리고 사는 인간들의 숙명적인 삶. 어느 모퉁이에서 섬광처럼 지난 세월이 불현듯 생각나면 그때 자신을 생각해 보라고 했던 교수의 말이 떠오른다."

―「새 님이 오신다」―

"아이들을 하교시키고 앉아 있는 동안에도 비둘기들의 울음소리는 사방에서 들려온다. 낮고 탁하게 '구 구, 쿠― 쿠―' 하고 우는데 뒤의 두 음절이 더 높고 빠르다.

―나는 여자처럼 구구구―를 하면서 비둘기들을 불러 모았다. 놈들이 앞으로 몰려든다. 빛을 잃은 날개들이 탈색을 한 것처럼 햇빛에 반사되어 희끗거린다. 한결같이 연한 회색과 짙은 회색, 하얀색과 검정, 흰색과 회색이 섞여 온통 무채색을 이루고 있다.

―여자는 비둘기의 수가 정확하게 이백스물 네 마리라고 했다. 그녀처럼 한 마리 한 마리에 눈을 맞추며 비둘기를 세어나간다. 언젠가는 이백스물 네 마리를 셀 수 있을 것이다."　　　　　―「비둘기」―

"해가 설핏 기울어지기 시작하자 부부는 손자를 앞세우고 여물을 찾는 소처럼 식당에 들렀다. 식당 옆, 나란히 붙은 행운슈퍼에서 손자에게 과자 한 봉지를 사서 손에 들려주고 두 사람은 식당으로 들어왔다. 소주 한 병 정도라면 슈퍼에서 사서 마셔도 되련만 식당으로 들른 것은 오랜 버릇 같았다. 한쪽 손을 허리에 받치고 꼿꼿하게 고개를 든 채 남은 한 손으로 술을 따라 들이키는 영감의 모습을 보니

216

젊은 날에 힘깨나 썼을 것 같다. 마르긴 했어도 벌어진 어깨는 아직 굽지 않아 허우대가 헌칠했다. 잘생긴 인물의 윤곽도 그대로 남아 있었다. 소주 한 잔이 영감의 입을 통해 식도를 타고 내려갈 때쯤, 옆에 앉아 있던 할머니는 애정 어린 눈빛으로 식당 주인이 놓고 간 가자미 회를 젓가락으로 집어 살며시 입에 넣어주었다."　　　—「나리꽃」—

인용에서 「길」, 「새 님이 오신다」의 경우는 등장인물의 직접화법을 통해서 어떤 종류의 깨달음을 드러내는 것이라면, 「비둘기」나 「나리꽃」의 경우는 장면 묘사만의 방법으로 인생의 한 단면을 보여준다. 이들 작품의 이러한 서술들은 리얼리티와 더불어 삶의 깊이를 엿보게 하는 대목이다. 독자는 이런 서술을 통해서 작가와 함께 삶의 깊이를 체험하게 된다. 그리고 자기의 삶을 성찰할 수 있는 기회를 갖게 되고 동시에 그것이 독자 자신을 한층 성숙시키는 계기가 된다.

***소설의 미학과 에피파니적 접근**

김경희의 소설을 뛰어나게 하는 또 하나의 요소는 에피파니적인 깨달음을 탁월한 언술로 표현하고 있는 점이다. 여기서 에피파니란 갑작스럽게 깨닫는 계시와 같은 것을 말한다. 한 개의 문장, 몇 개의 단어만으로도 우리는 매우 많고도 깊은 것을 깨달을 수 있다. 이런 깨달음을 통하여 사건 서술로는 설명할 수 없는 것들을 직관

적으로 깨닫게 할 수 있는 것이다. 인간의 내면적 심리나 우주의 깊은 진실은 직접적으로 설명할 수 없는 경우가 많다. 그런 경우에 특정 깨달음을 유도하는 에피파니의 상징 기법이 매우 필요하다. 동시에 그런 언어는 재치와 통찰과 결합되어 언어 자체만으로 독자를 즐겁게 한다. 문학의 언어는 의미의 전달체이기도 하지만 그 자체가 예술로 독립되는 종류여서 언어 표현 자체의 즐거움을 포괄하는 것이기도 하다. 이런 표현 언어들은 체험만의 영역에서는 깨닫기 어려운 서정과 감성을 초극의 방법으로 접근할 수 있게 한다. 그리고 보다 직접적으로 가치의 세계로 진입할 수 있게 한다.

에피파니적 접근을 위해서 작가가 설정하고 있는 상징물로「길」에서의 우두머리 개 '텐'이나, 「달팽이」에서 '달팽이', 「비둘기」에서 '비둘기', 「나리꽃」에서 여자의 '자궁'과 의상실의 '마네킹', 「물 위의 집」에서 목 언저리의 '붉은 점', 「미름골」에서의 '탈', '쥐불' 등을 들 수 있다. 작가는 이들을 상징화시켜 그것의 상징체계를 통하여 주제를 깨닫게 하는 방법으로 사용한다. 그런 매개물을 통해서 문득 깨닫게 되는 요소를 에피파니란 말로 정리할 수 있게 된다.

표현 언어를 통해서도 이런 깨달음을 유도하는데「길」에서 "그는 긴 막대를 가지고 축사 앞을 다니면서 무슨 말인가를 하고 있었다. 꼭 학교에서 아이들과 속삭이는 것처럼 작은 목소리로 소곤거

렸다”, “캄캄한 곳에서도 남편의 모습은 텐만큼이나 내게 커 보였
다”와 같은 표현은 특별한 깨달음을 동반하는 것이어서 강한 인상
을 남긴다.

「달팽이」에서 “남편이 쓰레기장 청소를 다 할 때까지도 고양이
들은 그 곁에서 맴돈다. 시어머니가 그 모양을 먼빛으로 보고 있
다. 순간 나는 내 눈을 의심했다. 아침 햇살이 한 줄기 연극무대의
조명처럼 오롯이 남편을 비추자, 남편이 입고 있는 작업복 여기저
기에 달팽이가 지나가며 토해낸 점액질이 마치 금실과 은실의 실
타래를 풀어 엮어 놓은 듯 무지갯빛으로 반짝거렸다”와 같은 표
현, 「미름골」에서는 “붉게 충혈된 남자의 눈빛이 뜨겁게 다가온
다. 남자를 만나 무슨 말이든지 해야 했지만 그보다 앞서 그는 징
과 북이 되고 장구가 되어 나에게 다가왔다. 그리고 그는 북을 가
슴에 안듯 나를 감싸 안았다. 뜨거운 열에 풀려나지 못하고 있던
나도 남자에게 그대로 끌려갔다. 그는 두 손으로 북을 두들기듯
천천히 나를 애무했다. 그러다가 꽹과리를 치듯 내 몸에 붙은 뼈
마디마디를 꺾어 내려갔다”와 같은 표현, 그리고 「물 위의 집」에
서는 “안개로 덮여 있는 바다는 한 지 앞도 분간할 수 없다. 눈에
보이던 사물들도 안개 속으로 곧장 숨어들어 금방 모양을 드러내
다가도 잠깐 한눈을 파는 사이에 자취를 감춰버렸다. 필요한 물건
을 찾는 데도 한참 숨바꼭질을 해야 했다. 안개 속에 있으면 나 자
신도 모르게 입술로 자꾸만 손이 간다. 심장의 열이 온통 입술로

모아드는 것 같다. 언제부턴가 입술이 벗겨지기 시작했고, 그 껍질을 뜯어내는 일을 반복하다 보니 이젠 입술 위에 붉은 딱지가 앉았다. 딱지를 뜯어내면 핏물이 입 안으로 스며들었지만 그럴 때면 오히려 은근한 쾌감까지 느껴져 그만둘 수가 없었다”와 같은 표현, 그리고 「나리꽃」에서 “영감은 소금창고 문을 활짝 열고 있었다. 무릎 가까이 올라오는 장화를 신고 그동안 쌓아두었던 소금을 자루에 담기 시작했다. 평생을 소금밭에서 살아온 초로의 염부에게는 활기와 즐거움이 있었다. 창고 안에 햇살이 비치자 소금이 반짝반짝 보석처럼 빛났다. 그동안 물기가 빠져 눅눅하지 않고 잘 마른 소금에선 고소한 냄새가 났다”와 같은 표현들은 뚜렷한 인생관과 세계에 대한 깊이 있는 통찰 그리고 예술적 재능과 안목이 합쳐질 때 가능하다. 이처럼 작가는 사물에 대한 세밀한 통찰과 에피파니적인 깨달음을 통하여 인생의 깊이를 천착한다. 이들 표현은 인생을 깊이 있게 통찰하고 얻어진 결과물이라고 할 수 있다. 독자들의 많은 관심을 기대하게 된다.

길을 만나 길 위에 서다

소설집을 낸다.

다시 찾아온 이 가을, 내 마음에도 한 점 단풍이 든다.

현실의 삶에서 내 길을 찾지 못하고 방황하던 시절 내가 찾아 나선 길이 문학이란 길이었다. 생각해보면 나는 그 길 어디쯤에서 위로 받으며 나를 지켜 나갈 수 있었다.

'소설이란 무엇인가'란 물음에 나는 답을 할 수 없다. 하지만 '나에게 있어 소설이란 무엇인가'의 물음에는 답을 할 수 있을 것 같다. 소설 속의 한 줄 문장이 곧 지나온 나의 삶이었다. 소설을 써 나가는 동안 나는 고독했으나 행복했다. 소설쓰기는 내게 상처를 덧내는 작업이기도 했고, 상처를 아물게 하는 작업이기도 했다. 결국 나는 소설을 지팡이 삼아서 힘든 언덕을 올랐딘 것이다. 때문에 소설 속에 얽힌 이야기와 인물군상들도 나와 함께 언덕을 오를 수밖에 없었다.

고동색과 회색, 그리고 연한 노란색이 칠해진 이번 소설집은 내 마음 안에 들어 있는 색깔을 다 쏟아부어서 만들었다. 우물을 다 퍼내고 나면 새 물이 고이듯 내 마음 안에 새로운 색깔들이 고일 것이다. 지금껏 내 안에 고여 있던 색깔들을 퍼냈으니 이제 신선한 색깔들로 또 다른 세계를 그려나갈 것이다.

소설을 쓰겠다는 마음으로 컴퓨터 앞에 앉으면 나는 늘 설렌다. 지금껏 살아오면서 나를 이렇게 지속적으로 설레게 한 것이 있었을까 싶다. 몸 안을 온통 소설들로 채워 넣고 싶은 바람을 안고 또 다음 작품을 구상해본다.

살아가면서 따뜻한 사람들을 많이 만난 것 같다. 그분들의 보살핌이 없었으면 소설집이 출간되는 것이 더 늦어졌을 것이다. 많은 분들께 감사드린다.

늘 지켜봐 주신 은사님들, 가족들, 내 친구들. 미흡한 글을 출판해 주신 어문학사에 감사드린다.

이번 작품집을 출간하면서 나는 내 삶의 한 분분을 같이 정리했다.

교사로서 살아온 세월 38년. 참 먼 길을 걸어왔다. 그쯤에 마침표를 찍은 마음이다.

2010년 10월

김경희

작가_김경희

전남 여수 출생. 광주대학교 대학원 문예창작학과 졸업.
2003년『소설시대』로 등단했으며, 2006년 교원문학상을 수상한 바 있다.
공저로『龍隱 別墅를 지나며』,『해바라기 도둑』등이 있다.

누이아일랜드는 어디쯤 있을까

초판 1쇄 발행일 2010년 10월 4일

지은이 김경희
펴낸이 박영희
편집 이은혜 · 이선희 · 김미선
표지 강지영
책임편집 강지영
펴낸곳 도서출판 어문학사
　　　　132-891 서울특별시 도봉구 쌍문동 525-13
　　　　전화: 02-998-0094 / 편집부: 02-998-2267
　　　　팩스: 02-998-2268
　　　　홈페이지: www.amhbook.com
　　　　e-mail: am@amhbook.com
　　　　등록: 2004년 4월 6일 제7-276호

인 지 는
저 자 와 의
합 의 하 에
생 략 함

ISBN　978-89-6184-132-0 13810

정가　10,000원

※ 잘못 만들어진 책은 교환해 드립니다.

이 도서의 국립중앙도서관 출판시도서목록(CIP)은
e-CIP홈페이지(http://www.nl.go.kr/ecip)에서 이용하실 수 있습니다.
(CIP제어번호 : CIP2010003387)